なんか、淫魔が見えちゃってるんですけど

Nana Matsuyuki
松雪奈々

CHARADE BUNKO

Illustration

高城たくみ

CONTENTS

一

　二度と会いたくないと願っていた相手との再会は精神をひどく打ちのめし、疲労させるものである。それも、もう一生会うことはなかろうと予想し、諸手をあげて解放感に浸った矢先の再会となると詐欺にあった気分にもなる。

　ただ会うだけならいい。しかし一方的に迷惑をこうむることになるのは嫌というほど知っている。

　美和孝博《みわたかひろ》は象を丸呑《まるの》みしたかのごとく重い胃をさすり、暗澹《あんたん》たる面持ちで居間のこたつの上に視線をむけた。

　そこには奇妙な物体がちんまりとすわっている。体長十センチにも満たないオヤジ顔のそれを生き物と呼んでいいものか判断しかねるが、おそらく生き物である。

　オヤジ顔の生き物はへぷしっとくしゃみをしたあと、鼻に指を突っ込んでほじりだした。アホ面である。不細工である。狸《たぬき》の置物にも似ている。その辺をうろつく猫のほうが、よっぽど知的な面構えをしている。

　鼻をほじっていたそれは、指を引き抜いた。そして口を開き、大きな鼻くそのついた指を口の中に——。

「食うなっ！」

見かねた美和はオヤジの横っ面を張り飛ばした。

『ぬおっ』

手加減して軽く押したつもりだったのだがオヤジはころころと転がり、二回転して天板の端で止まる。

『なにをするのじゃ』

不服そうに睨《にら》まれたが、美和はそれには答えず深いため息を漏らして肩を落とした。

文句なら、こっちが言いたい。

先ほど狸の置物に似ていると言ってしまったが、訂正しておこう。きっと狸の置物に失礼だ。

「これに憑《つ》かれていたと？」

こたつのななめとなり側にすわり、そう尋ねるのは十一歳年下の美和の恋人、渡瀬透真《わたせとうま》である。和風の男前の顔を引《ひ》き攣《つ》らせながら、オヤジをしげしげと観察している。

「ああ。男の精気がエネルギーなんだとさ」

このオヤジ顔の生き物は、自称妖精《ようせい》である。男と性交することで相手の精気を吸収し、それを糧《かて》にしており、逆に女とすると精気を奪われて力が弱まるのだそうだ。

普段は人間の姿をしているのだが、うっかり女として弱体化してしまい、たまたまそばを通りかかった美和に取り憑いた。それが先月の話である。

「俺の精気だけじゃ足りないんで、最低でも三日にいちど、男とするように強要されてたんだ」

ノンケだった美和には迷惑千万な話だが、そうしないと自分の命も尽きると脅されては背に腹は代えられず、部下である渡瀬と関係を持った。結果、オヤジ妖精は精気を蓄えて美和の身体《からだ》から離れていき、渡瀬とも紆余曲折《うよきょくせつ》を経て恋人同士となったわけであるが、あれからまだ数日しか経《た》っていない。それなのに人騒がせな妖精は、また弱体化して戻ってきたのである。

前回は美和にしか姿が見えなかったのだが、今度は渡瀬にも見えている。寝室でいちゃついていたところだったのだがそれどころではなくなり、とりあえず服を着て居間へ連れていき、自分の知っているオヤジの生態についてざっと説明を済ませていまに至る。

「……それってつまり、俺の精気をとられてたってことなんですよね」

「ああ。悪かった」

信じてもらえるはずがないので隠していたが、渡瀬の立場としては、そうと知らず精気をとられていたわけだから、いい気分はしないだろう。いまさらながら罪悪感を感じて謝った。

「いいえ、まったく自覚なかったんでかまいませんし、お役に立ててよかったですけど。もしかして、男に異常にセクハラされてたのも、これが原因ですか」

そうだと肯定すると、オヤジを見る渡瀬の表情が格段に険しいものに変わった。

「よく受け入れられましたね」

「しかたねーだろ。望んで受け入れたわけじゃねえ」

「それで、また美和さんに取り憑いたってことなんですよね」

「そうらしいな」

オヤジに散々ふりまわされた記憶がよみがえる。ふたたびの波乱の予感に、占いのたぐいはいっさい信じていない美和も、厄年ってまだだったよなとこめかみを押さえたくなった。

「オヤジ、あんたも懲りないやつだな」

『やってしまったもんはしかたなかろう』

オヤジは腹巻に手を突っ込んで胸を張り、悪びれるふうもない。

『じゃが、今度はオカマじゃったからのう。前回ほどの精気は必要なかろうで。すぐに出ていけると思うぞよ』

「ほんとかよ」

『じゃから容姿も、前よりちょっぴり若々しいと思わんか』

「いいや。まったくおんなじオヤジ顔だな」

すぐに出ていけるなんて言っているが、オヤジの言うことはあまり当てにならない。美和はもういちど嘆息して、渡瀬に頭を下げた。

「わりい、渡瀬。また三日にいちど、頼むことになりそうだ」

「ええ。でも」

渡瀬は腕組みしてオヤジに視線を注ぐ。

「けっきょくこれってなんなんです」

「淫魔《いんま》、か？　本人は妖精だと言ってるが」

「妖怪のまちがいじゃなく？」

「同義だろ」

オカルト分野は専門外のふたりである。オヤジの正体についての議論はそれ以上発展する余地はなかった。

『失礼な。この可憐《かれん》な姿のどこが妖怪なんじゃ』

文句を言うオヤジの様子を渡瀬は黙って観察している。なにを考えているのか、美和には読みとれなかった。

「気味が悪いか？」

美和はオヤジに免疫があるし、命を盾にとられてしまっているので受け入れるよりないが、渡瀬はそうではない。ふつうの神経ならば、こんな得体の知れないものに取り憑かれた男からは距離を置きたいと思って当然だった。

「おまえ、俺が憑きものつきだって知っても、抱けるか?」

避けられるかな、とにわかに芽生えた不安を胸に抱えて窺《うかが》うが、渡瀬の表情に嫌悪の色は見えなかった。

「もちろん。そんなことは関係ないです。あなたの身体が心配ですけど」

「そうか」

「見た目的に気味が悪いと言えばそうですが、それよりも、なんだろうと気になります。これの言うことを信用していいのか疑問ですし」

あくまでも理性的な態度である。無理をしている様子もなく、美和は内心ほっとした。

「精気をとられていたはずなのに、俺のほうは体調に変化がなかったのも不思議じゃないですか」

「たんにおまえが若くて体力あり余ってるから、気づかなかっただけじゃねーの」

「そうなんですかね。そもそも精気というのも定義が曖昧《あいまい》というか……」

「あのな渡瀬。そこら辺のことをオヤジに訊《き》いても納得のいく答えなんか返っちゃこねーし、考えるだけ無駄だぞ」

「しかし。正体だけでもはっきりさせておいたほうが、今後の対応にも関《かか》わってきませんかね」

謎《なぞ》の多い物体を目の前にしていろいろと気になる気持ちはよくわかるが、考えて答えの出るものではないことはすでに経験済みである。美和は頭のうしろで手を組み、座椅子《ざいす》にだらりともたれた格好で軽く言った。

「本人は妖精だって言ってるんだし、んなことどっちでもいいじゃねーか。おまえ、大豆生田《おおまみゆうだ》に似てきたか？　おまえらって、実験前段階であーでもないこーでもない言って、ちっとも先に進まねえよな」

「そう言う美和さんと山崎《やまざき》さんは、とりあえずやってみようってはじめちゃって、失敗するケースが多いですよね……」

「ほう。渡瀬。おまえも言うようになったもんだな」

ちろりとねめつけてみせる。それから口元を緩めて腕を伸ばし、渡瀬の肩をぽんと叩《たた》いた。

「ま、おまえが引かないでくれて助かった。おまえに嫌がられたら、また相手を探さなきゃなんねぇからな」

渡瀬がぎょっとして目を剝《む》く。その口がなにか言いだすより先に、オヤジが美和を見あげてきた。

『相手といえば、美和。ほれ、あの、なんと言ったか。極上の男』

「橋詰《はしづめ》か？」

『そうじゃ。あやつの精気がほしいのう。この渡瀬というのも悪くはないが、どうにか橋詰に抱かれてくれんかのう』

無邪気な顔をしてねだるオヤジの背後で、渡瀬の額に青筋が浮かぶ。

「そういえば、あなたが橋詰さんに襲われたのも、これのせいなんですよね」

橋詰は美和の同期である。オヤジのせいで彼に抱かれた現場を渡瀬に目撃されていたのだった。

「あー……」

まずいことを思いださせてしまった。フォローの言葉が見つからず、美和は首に手を当てて目をそらした。

「ひとっ走りして、研究所の石油タンクの中に沈めてきてもいいですか」

渡瀬の手がオヤジの胴体をむんずとつかむ。

『ぎゃっ』

「いや、憑かれてる俺も一蓮托生《いちれんたくしょう》らしいから、それは勘弁してやってくれ」

美和は手を伸ばし、渡瀬の手からやんわりとオヤジを救ってやった。

渡瀬の前で橋詰の名を連呼されるのは問題かもしれない。ちょっと思案して、諭すようにオヤジに言う。

「えーとな、オヤジ。あんたも勝手に人に寄生しといて、わがまま言うなよ。橋詰とはしない。もう、渡瀬以外とはしない。でなきゃ協力できない」

先ほど渡瀬が拒んだらほかの相手を探すなどと軽口を叩いてみたが、もちろん本意ではな

い。恋人がいるのに、しかも憑きものつきでもいいと言ってくれているのにべつの男と抱きあうなど、考えられない。

「そんなに橋詰としたけりゃ、俺から離れてからあいつを誘えばいいだろ」

『おお、言われてみればそうじゃの』

「だから、身体の自由を奪うとか、妙なまねはしないって約束してくれ」

『渡瀬だけか……』

オヤジは不満そうに眉尻《まゆじり》を下げる。

「なんだよ。渡瀬の精気も上等なんだろ?」

『中の上か上の下じゃ』

「いいほうじゃねえのか」

『そうじゃが、毎回おなじ獲物では飽きるのう』

本人を前にして平気でランクづけして獲物と言ってしまえる神経は人外ゆえなのだろうか。背後で渡瀬が複雑そうな顔で睨んでいるのだが、オヤジはまったく気にせずため息をつく。

「贅沢《ぜいたく》言うなよ」

『非常事態だし、しかたがないの』

不承不承といった感じではあるが、オヤジはそれ以上ごねるのをやめて頷《うなず》いた。前回も渡瀬の精気のお陰で命拾いしたというのに感謝のかけらもないもの言いに呆《あき》れるが、オヤジにこれ以上を望むのは無理だろう。

「渡瀬も、頼む。こいつ、こんな調子で時どき勝手なこと言うけど、いっときの我慢だと思ってこらえてくれねぇか」

渡瀬は不愉快そうに目を眇《すが》めてオヤジを見ていたが、美和に頼まれては拒否することもできず、こちらも渋々頷いた。

「わかりました。ふたりでがんばって、こんなものからは早く解放されましょう」

「おう」

「ところで、これっていつも美和さんのそばにいるんですか」

「ああ。取り憑いてるあいだは、宿主からあまり離れられないみたいだけど」

そこまで話してから、ふと思いついてオヤジを見る。

「そういやオヤジ。あんた、俺以外にも姿が見えるようになったけど、外に出るときは姿を消してくれよ。声も俺にだけ聞こえるように。できるよな」

会社にいるときは隠れていてもらわないと困る。尋ねるというよりは確認の意味を込めて言ったのだが。

『できん』

オヤジは胸を張って答えた。

「あ?」

『消えることはできんのじゃ。おぬしの中に入ることもできん』

美和はつかのま息を止めた。

今回はオカマとしたことによる弱体化で、中途半端に弱体化したという話だった。ならば女とした前回よりも力が残っているのではないのか。以前できたことがどうしてできなくなるのか。

「なんで」

『知らん』

「おい」

『きっと中途半端に弱体化したせいじゃろ』

推測するに、とオヤジが自論を続ける。

『元々自在に姿を消す能力はあるが、あれは高度な技じゃて、弱体化した状態では使えんのじゃわい』

「だけど、前回はずっと消えてただろ」

『姿が消えるほど弱体化しておったということじゃろう。自分で消えたくて消えていたわけではない。今回はさほど弱っているわけでもないで、きちんと実体化できておるのじゃろ』

前回、オヤジの姿だったときにほかの者に姿が見えなかったのは弱体化していたせいであり、若くなって去っていくときに姿を消したのは、魔法を使ったということらしい。

つまりどちらも選択できない中途半端な今回は、このまま姿を晒《さら》し続けるということになる。

「……うそだろ……」

『わしはうそは言わん』

「なんで不便になってんだよ」

『文句ならばオカマに言うがよいぞ』

この妙ちくりんなものを従えて人前に出ろというのか。

職場にはどう説明しろというのか。

「……ふざけんなよ……」

さっそくの難題に、美和は頭を抱えた。

二

月曜の朝、美和はオヤジを鞄《かばん》に詰め込んで家を出た。

『なぜ隠れねばならんのじゃ』

「部外者立ち入り禁止だ。よけいな騒動を巻き起こしたくねえし、変態だと思われたくもねえ。おとなしくしていてくれ」

『日がな一日、じっとしておらねばならんのか。なんという苦行じゃ』

「自業自得だろ。我慢しろってんだ」

研究所へ到着して車から降り、更衣室へむかうと、遅い時刻だったせいか更衣室内の人影はまばらだった。とはいえ人がいないわけではない。美和はロッカーを開けながら周囲へ注意深く目を配り、扉を盾にして鞄を開けた。

オヤジがひょっこりと顔を覗《のぞ》かせる。

「声、出すなよ」

口に人差し指を当ててこっそりささやくと、美和はオヤジを取りだして、作業着の上着の内ポケットに押し込んだ。

オヤジは宿主である美和の身体から一定の距離以上離れることができないらしい。見えない糸でつながっているようなものだそうな。なので鞄に入れっぱなしにできない。

『むぎゅ』

「声出すなって」

上着の外側にポケットはない。引火しやすいものばかりを扱っているため、実験中にポケットから物が落ちたり、ペン先のクリップがちょっとした摩擦により静電気を発して着火するなど、事故につながりやすいためである。

鞄を持ち歩いて仕事をすることはできないのでポケットに入れるしかないのだが、ズボンのポケットは窮屈すぎるので、オヤジを隠す場所は内ポケットしかなかった。

普段内ポケットに入れていた財布はズボンのほうに入れることにして、袖《そで》を通す。ファスナーをあげると胸元がぱんぱんに膨れた。

『く、苦しいぞよ……』

「耐えろ」

オヤジの潰《つぶ》れかけた声が届いたが、だからといって解放してやるわけにもいかず、美和は容赦なく斬り捨てた。

「危険物扱ってんだから、出てくんじゃねえぞ」

ＡＲ石油研究所はその名のとおり石油会社の研究施設である。美和が室長を務める第一研究室は化学系の題材を扱っており、脅しではなく本当に危険だ。

支度を整えて壁際の鏡を見ると胸の膨らみが目立つように思えたが、男の胸なんか誰《だれ》も気にしないだろうと軽く考えて研究室へ足を運んだ。

「わり。遅くなった」

いつもどおり粗雑な仕草で扉を開けると部下たちが顔をあげる。渡瀬もすでにいて、いっしゅんだけ目をあわせると、美和は個々のデスクのある奥の居室へ進んだ。

「おはようございい、ま――」

「…………」

「…………」

部下たちは美和の姿を目にすると、一様に口を閉ざして異様に膨らむ胸に視線を集中させた。

第一研究室は居室と実験室がワンフロアになっている。自分のデスクまで来たところで視線を感じて室内を見まわせば、渡瀬以外の全員がもの言いたげな表情をしていた。渡瀬は横をむき、悩ましげに額を押さえている。

なにを入れているか訊いてくれと言わんばかりの存在感だったようで、さすがの美和も失敗したと気づいた。

「御頭」

大豆生田に肩を押された山崎がそばに来た。

「どしたんすか、その胸」

「それがなあ、篠澤《しのざわ》にもらった薬を飲んだら胸が膨らんできてな」

「…………」

山崎が黙り込んだ。つまらないオヤジギャグを言ってしまったせいだと思ったのだが、その表情を見ると、たいそうシリアスだ。

「おい、冗談だぞ?」

「御頭がついに女体化……」

「んなわけあるか」

オヤジが入っている左側の胸だけがいびつに膨らんでいるので、女性の胸のように見えるはずはない。そんなわけねえだろと笑ったところ、山崎が手を伸ばしてきて、膨らみをむぎゅっとつかんだ。

『ぎえっ』

「え?」

胸から声があがり、山崎が驚いて手を離す。美和もぎょっとした。

「いま、声が……?」

「い、いまのは俺の声だぞっ。いきなりさわるなよ、びっくりするだろ」

「すみません。でも、あれ、御頭の声……？」

「んなことより、仕事するぞ」

美和は追究を逃れるためにそそくさと山崎から離れて、パソコンを起動する。

部屋の隅で研究員たちが、

「またなにか飲まされたみたいだな……」

「さわった感じはどうだった」

「やわらかかった……」

などとひそひそと話しているのが丸聞こえだったが無視してメールチェックを済ませ、それから研究業務に入った。異様な空気に包まれていた研究室だったが、美和が動きはじめると部下たちも意識を切り替えたようで、休めていた手を再開させる。

「山崎、こっち、ＳＶ計るぞ」

「はい」

「お、ＥＰＭＡの結果報告書、届いてるな」

「ＸＲＤの結果も来てます」

先週依頼していた分析の結果がいくつか届いており、チェックする。

「んー。モリブデンをもっと担持させたほうがいいか……」

書類を山崎に渡し、ビーカーに薬液を満たす。

「ピークは……ああ、そうっすねぇ」

美和は山崎とともに石油製品を原料とした水素製造触媒の開発に携わっており、シミュレーションを元に自作の装置を作動させ、実験作業をこなしていった。

「――ですが。大豆生田さん、これを見てください」

作業中、渡瀬の声が時おり耳に届いた。静かに、しかし力強く、理路整然と持論を展開する男の声にははたで聞いていても説得力がある。

渡瀬は美和たちとは異なり液体燃料の研究を大豆生田とやっている。これまではもうひとりいたのだが先月退職し、九月まで新人の補充はない。その穴を渡瀬が埋めているのだが、ここ最近の彼の成長はめざましかった。

元々、その熱心さと知識量の豊富さで先輩の大豆生田にも一目置かれて頼りにされていたのだが、チームを引っ張る器量というか、貫禄のようなものが備わってきていた。

若い若いと思っていたが、考えてみれば渡瀬も四年目になる。頭角を現しつつある男の将来を思うと楽しみでもあり、まぶしく感じられた。

負けてらんねーな、と美和も自分の手元に集中する。

それから約二時間。渡瀬がちらちらと送ってくる心配そうな視線にも気づかず作業に没頭していた頃、ふいに集中力が途切れた。

なんだかいやに身体が火照っていた。

はじめは空調の故障かと思ったが、どうもそうではなさそうだと気づいたのは、下腹部に熱を感じたせいだった。

自覚するや否や、熱はたちまち膨れあがり、明確な欲望を主張しだす。うしろの入り口が疼《うず》くような気がしてそこに力を入れたら、さらにはっきりと疼きだし、身体の熱があがった。ほしくて、身体がふるえそうだった。

「………」

土曜の夜に渡瀬と抱きあったのでまだ三日も経っていないのに、またしたくてたまらなくなっている。急に発情しだした身体に動揺し、美和は作業の手を止めて我が身を抱きしめた。なぜ、と混乱しつつ胸の膨らみを見おろす。オヤジは言いつけを守っておとなしくしているようだが、こっそりなにか仕かけたのだろうか。

問いただしたいが、いまは仕事中でとなりに山崎がいる。

だがこのままでは——。

身体を宥《なだ》めようと深呼吸するも、欲望は強まる一方で、次第に呼吸も苦しくなってきた。身の置き所がない気分でやるせなく吐息をついたとき、山崎がこちらを見つめていることに気づいた。

「御頭……」

「なんだ?」

欲情して潤んだ目をむけると、三十にはとても見えない山崎の童顔がほんのりと赤く染まった。

「あ、いや、その……中断されたので、どうしたかと」

「わりぃ、ぼんやりした。ちょっと調子が悪いみたいだ」

「だいじょぶっすか」

ごまかすつもりで言い訳したら、山崎に擦り寄られ、腰に腕をまわされた。身体を支えてくれるというよりは、ただ抱きつかれているような格好である。

「おい」

押しのけようとしたところ、会話を聞きつけた数人の部下がわらわらと集まってきた。

「御頭、具合が悪いんでしたら医務室へ行きましょう」

山崎がうしろの誰かに引っ張られて離れていき、ほかの者が美和の背に手を添える。普段ではありえないくらい接近され、その異常さに美和は顔を引き攣らせた。

オヤジ妖精が離れていた先週は部下たちの態度も以前のように戻っていたのに、またセクハラがはじまってしまった。これはどう考えてもオヤジに憑かれた影響で、男を引き寄せるフェロモンとやらが増量しているにちがいなかった。

「ちょ、おまえら……っ」

熱はないか、歩けるかと異様に親切に接してくる部下たちの手から逃れようともがいたとき、横から強い力で腕を引かれて、人の輪から抜けだせた。

救いだしてくれたのは渡瀬である。ほかを牽制《けんせい》するように、美和を自分の背にかばった。

「ちょうど手がすいてるんで、俺が連れていきます」

「あ、それなら俺が――」

「おお、んじゃ渡瀬、頼む。山崎、あとよろしくな」

誰かが名乗りをあげかけていたのだが、美和は聞こえなかったふうにわざと返事をかぶせて渡瀬に頼み、逃げるように研究室を出た。

「助かった」

「歩けますか」

「おお」

「皆の反応は、あれのせいなんですよね」

渡瀬は怒った顔をしていた。

「ようやく収まったと思ったのに、また……」

腹に据えかねるといった様子で美和の胸元を睨み、視線を上へあげる。

「それが離れるまで、しばらく仕事を休むことはできませんか」

「無茶言うなよ」

病気でもないのに仕事を休むなど、研究命の美和には論外である。美和の即答は渡瀬も予想済みだろうが、口にせずにはおれなかったようだ。「ですよね」と呟《つぶや》きつつも、苛立《いらだ》たしそうに唇を噛《か》みしめている。

人けのない廊下を進み、滅多に利用されない医務室へ行くと、予想どおり誰もいない。事務机に置かれている利用帳に、渡瀬が名前を記入してくれる。

「横になっていてください」

「……ああ……」

美和は生返事をし、渡瀬の背中を見つめて唾《つば》を飲み込んだ。

その広い背中に猛烈に欲情してしまい、離れることができない。入り口の扉を閉めてふたりきりになったと意識したとたんに抱きつきたくてたまらなくなった。

自分からフェロモンが出ているのだろうが、いまの美和には渡瀬のほうからフェロモンが出ているようにしか思えない。

渡瀬から漂う雄の香りに誘われる。花に吸い寄せられるミツバチになった気分だ。身体中を渡瀬の花粉まみれにして蜜《みつ》を吸いたい。

自制がきかない。

耐えられないほど、したい。

しかしここは職場である。我慢しなければと思うのだが……。

「どうしました。調子が悪いというのは……?」

記帳を終えた渡瀬がふり返って見おろしてくる。

「それが……」

渡瀬のまっすぐに見おろしてくる眼差《まなざ》し。真剣に体調を心配してくれているのが伝わるその視線にまで欲情を覚え、腰がじんと痺《しび》れてしまう。言いよどんで俯《うつむ》くと、胸の膨らみが視界に入った。

「ああ、そうだ。オヤジ、出ていいぞ」

上着のファスナーをおろして前身ごろを開いてやると、オヤジがよっこらしょと出てきて、ふわりと宙に浮いた。

『やれやれじゃったわい』

「おいオヤジ、俺の身体になにした」

『なにもしとらんぞよ』

「うそつけ。また前回みたく、部下が血迷いだしたぞ」

『はて』

美和と渡瀬のあいだに浮かぶオヤジが小首をかしげる。

「それから、身体が……おかしいんだが」

『おかしいとは、なんじゃ』

「その、まだ二日目なのに……、したくなって、だな……。なんでだよ」

渡瀬にも聞かれていると思うと、声がちいさくなった。渡瀬は恋人だが職場ではあくまでも部下だ。上司らしく毅然《きぜん》とした姿を見せていたいのに、見苦しくも見境なくサカっているだなんて知られたくなかった。過去、渡瀬に器材室でキスを迫られて、ここは職場だと怒ったこともあったのに、これでは示しがつかない。

『ふむ。なにもしとらんのじゃがのう』

とぼけているわけではなく、本当に心当たりがなさそうだった。しかしオヤジの影響であることはまちがいないのである。

いくら渡瀬に、より感じやすい身体に開発されてしまったとはいっても、基本的に淡白なところは変わっていない。刺激されたわけでもないのに耐え難いほど欲情するなど考えられないことだった。これほどの性欲は、十代の頃でも覚えがない。

『中途半端に弱体化した副作用でも出ているのかのう。わしの体調も、どうもおかしいのじゃ。うむ、きっとその影響だの』

オヤジは無責任に言って机の上におりた。このやろうと思うが、いまの美和はそれどころではない。

身体の疼きが収まらず、焦げつきそうなほどだ。

「くそったれ……」

罵《ののし》る声も、無自覚に艶《つや》めいた吐息に変わっている。

「美和さん」

名を呼ばれて顔をあげると同時に渡瀬に肩を抱き寄せられた。

「したいんですか？」

驚いたような眼差しに見おろされて、美和は返答に困って目をそらした。

「あ……いや……」

赤くなって口ごもる。そんな美和を見た渡瀬が大きく息を吸い込んだ。そして出入り口のほうをちらりと確認してから美和にむき直る。

「おい、もう、俺に近づくな」

渡瀬の眼差しに熱がこもったのを感じ、美和はうろたえて一歩退《ひ》いた。しかしそのぶん渡瀬の足が一歩前へ出る。

「どうしてです」

肩を抱く手の力が増した。

どうしてってそんなの決まってるじゃないかと思うが、渡瀬は逃がしてくれない。

「……。抑えがきかなくなるんだよ」

困りはてて弱々しく答えると、男の唇がおりてきた。

「……っ、ん」

拒むことは、できなかった。

唇を舐《な》められて、すぐに迎え入れるように口を開いてしまう。渡瀬の舌がするりと入ってきて、美和のそれを誘うように舐める。それだけで身体から力が抜けそうになり、美和は渡瀬に身体を預けるようにして背に腕をまわした。

「ん……は……」

舌を絡めあい、しっとりとしたくちづけをかわしているうちに身体が熱く蕩《とろ》けてくる。唇が離され、息を乱しながら至近距離から見つめあうと、目を潤ませ頬《ほお》を紅潮させた、欲情しきった顔をしている自分が相手の瞳《ひとみ》に映しだされていた。

渡瀬のほうも、それに煽《あお》られたように瞳に熱を帯びていた。ひと呼吸置いてから唇を引き結び、強い意思を感じる仕草で身体をいったん離すと、壁際にある薬品棚からワセリンを取りだし、美和の腕をつかんで歩きだした。

「おい……?」

渡瀬の進む先には医療用ベッドがある。腕を引かれ、美和はキスの余韻から頭を冷ました。まさか、とうろたえているうちにベッド脇《わき》まで連れていかれた。

「横になってください」

渡瀬が言いながらカーテンを引き、靴を脱いでベッドにあがる。

「おまえ、なに考えてる」

「あまり時間がないですけど」

「いやいや、待てよおい……うわ」

渡瀬の腕が腰に伸びてきて、美和もベッドに引き倒された。横たわると背後から抱きしめられ、前に伸びてきた男の手が美和のベルトをはずしにかかる。情事の予感にオヤジが歓声をあげていた。

「ま、待て、職場だぞ。誰かに見られたら」

「でも、このままじゃ仕事にならないでしょう」

美和のせっぱ詰まった状態は見抜かれていた。キスで硬くなっていた前を布越しにさわられて、腰に甘い痺れが走る。

ベルトをはずされ、ズボンのファスナーを下げられる。いくらなんでもこんな場所ではまずいだろう。止めようとして渡瀬の腕をつかむが、強い欲望から本気であらがうこともできなくて、下着の中に彼の手が侵入してくるのを許してしまった。

「……っ」

じかに中心をさわられて、喉《のど》がわななく。

「……っ、だめ、だって……」

「じゃあ、そんな顔して研究室へ戻るんですか？　そんな色っぽい顔されたら、俺はもちろん、ほかの皆だって仕事にならないですよ」

上下にしごかれると下腹部にいっきに血が溜《た》まり、またたくまに硬く反り返っていく。渡瀬のもう一方の手にシャツを捲《めく》られ、胸元をまさぐられたら、もうそれだけで苦しくなるほど呼吸が乱れてしまう。

「出すだけで、なんとかなりそうですか」

「…………」

「うしろに、挿《い》れる?」

「それは……」

だめだと言わなければいけない。いますぐ渡瀬の手を拒まなければと思うのに、舌が動かない。

本音は、挿れてほしい。いますぐ貫いてほしい。そんな思いで頭の中がいっぱいだから、きっぱりと拒否することができない。

「妖怪の影響ってことなら、最後までしたほうがいいんでしょうね」

「だが……、っ、んっ」

探り当てられた乳首を指につままれて、身体がびくりと反応した。

『渡瀬よ。美和はうしろにほしいんじゃ。ほれ、早く挿れてやれ』

オヤジはいつのまにかベッドの足元のほうにすわっていた。

勝手なことをほざくな、誰のせいでこんな目に、と言いたいが、うしろにほしいのは事実なので、黙って睨むことしかできない。

『ちゃんと中出しするんじゃぞ。美和も、ぐずぐず言ってる時間があったら、さっさと済ませたほうが賢明じゃぞ』

「妖怪。うるさい」

渡瀬が低い声でオヤジへ告げた。かと思うと身を起こし、ゆらりと膝《ひざ》立ちになる。

『うるさいとはなん――』

とうっ。

目にも止まらぬ速さで動いた渡瀬の手刀が、オヤジの首のつけ根に決まった。

『きゅう……』

オヤジがねずみのような声をあげて倒れた。

「お、おい」

「邪魔なので眠ってもらっただけです」

だいじょうぶですよとの言葉のとおり、オヤジは気絶したようだった。死んではいない。

土曜日に家で抱きあったときもオヤジがうるさくて気が散ったから渡瀬の気持ちはよくわかるのだが、予想外の手荒さだ。

少々心配になってオヤジに手を伸ばそうとしたところ、渡瀬の腕に阻まれる。

靴を脱がされてふたたび背中から抱き寄せられた。

「それのことよりも、こっちに集中してください」

うなじに渡瀬の頬がふれる。

「ま、待て、渡瀬。誰か来るかもしんねーぞ」

「来ませんよ」

「んなの、わかる、か……っ、……」

服の上から尻を撫《な》でられ、入り口の辺りを指先でなぞられる。それだけでぞくりと身がすくみ、言葉を詰まらせてしまう。

職場で抱きあうなど倫理にもとる行為であり、許容できることではない。美和にとって、研究所はある意味聖域である。たとえ人がやってくる心配のない場所だったとしてもごめんだ。キスひとつだって、自ら進んでしたいとは思わない。

そう思うのに、身体は意思に反して与えられる刺激を悦《よろこ》んでいて、渡瀬の手をふり払うことができない。指の動きにあわせて腰を動かしたくなるのを抑えるのが精いっぱいである。

「渡瀬、やめろ……」

「静かに」

欲情して濡《ぬ》れた声で制止してみたところで意味がないのはわかりきっていたが、だからといって唯々諾々《いいだくだく》と流されるのも矜持《きょうじ》が許さなかった。

「だめ、だって……」

渡瀬の手が下着の中へ入ってくる。今度は前ではなく腰のほうから尻を撫でるように潜り込んできて、指先が尻の割れ目を伝い、秘所にふれられた。かるくつつかれて、思わずきゅっとすぼめてしまう。

「……っ」

指の腹で表面を撫でられる。しかし中には入ってこない。だめだと思いながらも心の底では挿れてほしくて唇を噛みしめたら、そこから手が離れていった。と思ったらうしろから抱きかかえられたままベッドに横倒しにされて、片手でズボンと下着を引きおろされた。ゆで卵の殻を剝くように、尻がつるりと現れる。

「あっ」

ふたりとも横向きに横たわっており、背後にいる渡瀬の片腕が身体の下からまわされて、抱きしめられている格好である。下着は脚のつけ根までおろされ、陰部だけが晒されている。美和の中心は完全に勃《た》ちあがっている。こんなにしておきながら、よくもやめろと言えたものだと言わんばかりに、渡瀬の手に撫でられた。

形を確認するように撫でると手は離れていき、うしろにまわってきた。入り口に、指がふれる。ぬるりとした触感で、ワセリンを塗られているのだとわかる。

指が中に入ってきた。

「……っ」

潜り込んできた指は的確に中のいいところを刺激してくる。待ち望んでいた刺激に声を漏らしそうになり、とっさに歯を食いしばる。

「美和さん、力抜いて」

場所が場所だけにさすがの渡瀬も時間をかける余裕はないようで、性急にことが進んでいき、二、三度抜き差しされてから指の数が増えた。ワセリンのお陰で指のすべりがよく、三本目の指もスムーズに飲み込まされ、ぬちぬちといやらしい音を立ててそこを広げられる。

「や、だ……渡瀬……」

「痛いですか？」

「じゃなくて……、ぁ……っ、こんな……こんな場所で……、……っ」

短時間のうちに三本の指を埋め込まれたが、痛いどころか身体はむしろ歓喜しており、従順に受け入れている。しかし理性がそれをよしとしない。

「だめ……だ……」

「じゃあ、やめますか？」

「…………」

仕事中なのに。職場なのに。昼のさなかで、さほど離れていない場所で仲間たちがまじめに働いているのに。もしばれておおやけになったら、渡瀬に迷惑がかかる。即刻クビとはならなくとも、減俸転属は免れない。

公共の場でする羞恥《しゅうち》ならば、テニスクラブのシャワールームで経験したが、あのときは職を失うリスクまではなかった。

どれほど危険なまねをしているのか重々理解しており、脳はただちにやめろと命令するのに、自制しきれぬほどの欲求が全身を支配してわずかな差で理性を凌駕《りょうが》する。仕事を終えるまで耐えられそうにないこともまた、わかっている。

渡瀬の指は身体の中で休みなく蠢《うごめ》いていて、美和は返答する余裕もなく口元をこぶしで押さえた。口を開いたら、あられもない嬌声《きょうせい》が飛びでそうだった。

「続けますよ」

無言を了承と受けとったらしく、うなじにくちづけが落とされた。そして指が引き抜かれる。

「んぅ……っ」

背後で渡瀬がベルトをはずす音が聞こえる。

「だけど……、おまえ、こんなところで……ほんとにできるのか……?」

男のそれはデリケートである。もし自分が渡瀬の立場なら、恋人のためと思ってもきっと勃《た》たない。緊張を強いられるような状況で、はたして勃つのだろうかと疑問がもたげたが、杞憂のようだった。

腰に、存在を示すように硬いものが押し当てられた。

「欲情しているあなたを見て、興奮しないほうがどうかしてます」

「……こんなおっさんに興奮するほうが、どうかしてるだろ」

つっこみは控えめな微笑で受け流され、行為が先に進む。

「上の脚、曲げてください」

ここまできてはもう嫌だとは言えず、躊躇《ちゅうちょ》しながらも言われるがままに膝を曲げると、そちらの脚だけズボンと下着を抜きとられた。そして内腿《うちもも》に手をかけられ、大きく開かされる。

「……こんな……」

こんな、横抱きにされた淫《みだ》らな格好で。

「美和さん。俺に、集中して」

下肢の緊張から、美和の躊躇が伝わったらしい。渡瀬の熱っぽい声が耳元でささやく。

「ほかのことは気にしないで。俺だけ感じていてください」

「ん……」

片脚を上へ大きく開脚した状態で、渡瀬の先端が入り口にふれる。ぐっと圧がかかり、押し開くようにして熱い塊が入り込んでくる。

「あ……っ、く……」

気持ちが焦っているからだろうか。侵入の速度がやけにゆっくりで、慎重に感じられた。うしろからされると、ずぶずぶと入ってくるのは感じるが、具体的な程度まではわからない。

亀頭部は飲み込んだだろうか。茎の中ほどまでは埋まっただろうか。全部埋め込まれるまで、あとどれくらいだろうか。

「……っ」

つながっている局所を鮮明に想像している自分に気づき、羞恥と動揺のあまり、侵入を阻むほど入り口をきつく絞ってしまい、渡瀬のちいさなうめき声が漏れ聞こえて慌てて力を緩める。

渡瀬の猛《たけ》りはたくましくて、最初につながるときの圧迫感はものすごいのだが、苦痛に感じた記憶はあまりない。それよりも、そこを広げられる快感のほうが強すぎた。いまは身体が異常に昂《たか》ぶっていて、挿れられただけで達《い》ってもおかしくないほど気持ちがよかった。

「は……、っ……ん……」

息があがり、めまいがしそうだ。

早く奥まで入ってきてほしいと思う。

めちゃくちゃに突いてほしいと思う。腰をふって「早く」とねだってしまいたい衝動に駆られる。が、それと同時に、こんな場所でなんてことをという背徳感も覚えており、快楽と自制のせめぎあいで頭の中は混乱の極みだった。

すべてが収まると、上にあげた片脚を抱え直されて、律動がはじまる。

「っ、ん……っ、く……っ」

大きな抜き差しではなく、奥のいいところをぐいぐいと小刻みに突くようにこすられる。そのたびに渡瀬の切っ先が奥に当たり、そこから甘い痺れが全身に広がっていく。

すぐに息があがった。

ほしかった刺激をようやくもらえて、あまりの気持ちのよさに涙がこぼれる。耐え続けたぶん快楽の甘さも密度を増しているようで、腰も脳も蕩けそうだった。

「んっ、ふ……っ、ぁ」

胸元にまわされている渡瀬の手が上着の中に忍び込み、シャツの上から乳首を撫でさする。その刺激でうしろに与えられている快感が飛躍的に増幅し、甘い声が漏れた。

「あ、あっ……わ、たせ……それ、だめ、だ……っ」

「どうして」

突かれるたびに嬌声をあげそうになってしまい、これでは廊下を通る者に気づかれてしまう。

「は、ぁ、……っ、声、出ちまう、から……っ」

乳首をいじっていた手がそこから離れ、美和の口を覆う。その大きな手の甲に、快感のあまり溢《あふ》れた涙が伝っていった。

「んん……、んっ……ふ……」

くぐもった声を漏らしながら美和が腰を揺らすと、呼応するように渡瀬の息遣いが荒くなる。腰の動きが次第に激しくなってきて、渡瀬の猛りが出入りしている部分が熱くてたまらなくなった。

　突き入れられるたびに、つかまれている大腿《だいたい》をうしろに引き寄せられる。そのため膝頭が肩につくほど淫らに脚を開いてしまい、あられもない姿を晒している。壁側ではなくカーテンのほうをむいているから、もしいまカーテンを開けられたら、つながっている部分をすべて見られてしまうだろう。

　先走りを滴らせる美和自身の猛りはもちろんのこと、白いワセリンまみれになって濡れ光る入り口のまわりも。抜きだされた渡瀬の猛りの裏筋も。怒張の色艶も。

　所員の誰かに見られたら、羞恥のあまり悶絶《もんぜつ》しそうだ。

　ベッドの軋《きし》む音のあいまに、廊下を通りすぎる足音がしばしば聞こえる。誰かの話し声が聞こえる。

　壁一枚隔てたむこうでは誰もがまじめに働いている。そんなところで、自分はこんな淫らな格好をして、部下に犯されて泣いて悦んでいるなんて、信じられなかった。

「んっ、うっ……ぁ、く……っ」

　喘《あえ》ぎ声を漏らしたら、不審に思う者がきっと覗きにくる。

　そんな緊張感が、萎《な》えさせるどころかますます興奮を高め、美和を極みへと導く。

　そのとき、医務室の扉が開く音がした。

「っ！」

美和の心臓が凍りつく。渡瀬も動きを止め、息をひそめた。

室内に誰かが入ってきた。足音はふたりぶん。

「えっと、カットバンは……」

男性の声がし、薬品棚のほうの引き出しを開ける音がする。

「こっちですよ」

もうひとりの声は女性だ。その声に聞き覚えがあった。名前は覚えていないがたしか総務の女性だ。男性のほうはわからない。

「ああ、ありがとう」

自分たちのいる場所からほんの数メートルの距離で、絆創膏《ばんそうこう》を貼《は》っているだろう音がする。

この薄いカーテンの中を気まぐれに覗かれたら――、そう思うと血の気が引き、気が遠くなりそうだった。

身動きしたら音が聞こえてしまうだろう。こちらに関心をもたれてしまうと思うと、ぴくりとも動けない。

こんな、あられもない格好なのに。

早く。早く行ってくれ。

緊張で、心臓が爆発しそうなほど脈打つ。恐怖で身体がふるえる。

「金子《かねこ》さんは、薬品の使用期限チェック？」

「ええ」

「そうなんだ。お世話様だったね。じゃ、お先」

男性が部屋から出ていった。しかし女性のほうは部屋に残り、薬品棚の辺りにいる。

しんと静まり返った室内。女性が棚の薬品を手にとる音がする。紙に記録する音まで聞こえる。こちらの呼吸する音も相手に聞こえてしまいそうで、必死に息を殺した。

早く。頼むから早く終わらせて出ていってほしい。

「あら、ワセリンが……」

ワセリンならここにある。冷や汗が出そうだ。

渡瀬の手が静かに美和の脚をおろした。慎重な動きだったのだが、ベッドがかすかに軋んでしまった。

女性がふり返った気配。

「あら。どなたか……」

気づかれた。

足音がまっすぐにこちらへ近づいてきて、カーテン越しに人影が映しだされた。影はすぐに大きく鮮明なものとなり、カーテンの端に腕の影が伸びてくる。

「うあ、ストップ！」

口を覆っていた渡瀬の手をどけて、美和は叫んだ。

「開けないでください！　いま、ちょっと服を脱いでいてっ」

女性の手がふれたようで、カーテンが揺れた。

「その、着替えの途中で、し、下も脱いでるからっ」

影の動きが止まった。

「第一研究室の美和です。あやしい者じゃないんで、ちょっと待ってください」

医務室で休むだけなのにどうして脱ぐ必要があるのかと疑問に思ったかどうか定かでないが、ともかく相手は素直に手をおろしたようだった。

「え、あ、美和室長ですか。お加減が悪いんですか」

所内の女性には怖い人というイメージを持たれているためか、うろたえたような声が返ってきた。

「ええ、まあ」

「ごめんなさい。私、薬品チェックに来ただけです。開けませんから、どうぞそのまま休んでいてください。具合が悪いところ、お邪魔しましたっ」

顔を見せないと不審がられるかと思ったが、相手は遠慮したようで離れていく気配がした。

やがて扉が閉まる音がする。美和はカーテンのすきまから顔を覗かせて女性が出ていったことを確認すると、ぐったりとベッドに身を沈めた。今頃になって冷や汗がどっと吹き出る。

「……焦った……」

「……ですね」

カーテンを開けられなくて助かった。

渡瀬とは、まだ身体を繋げたままだ。こんな身のすくむ体験をしたというのに、体内にあるそれは依然として硬さを保っている。そして自分のほうも萎えていない。普段ならば絶対にそんな気分は吹き飛んでいるはずなのだが、異常な興奮は続いていた。

美和の身体の状態を見てとって、渡瀬が体勢を変えた。

「早く終わらせましょうか」

「ああ。早く……」

異存はなかった。うつ伏せて尻だけをあげる体勢をとらされ、律動が再開される。

「ん……ん……っ」

バックから激しく腰を打ちつけられ、すぐに身体の熱が沸点へと達した。

煮え滾《たぎ》るように強烈な快感が全身を駆けめぐり、下腹部を痙攣《けいれん》させる。痙攣はそこから腰や大腿へと伝播《でんぱ》し、やがてつま先に力を込めていないと耐えられないほどに絶頂の予感が満ちてくる。

そしてまもなく快感が凝縮され、身体が急に浮きあがるような感覚を覚えた美和はとっさに自身へ手を伸ばした。

「ん——っ！」

膨らみすぎた風船が爆発するように、欲望がいっきにはじけて解き放たれる。びくびくと身体が震え、身体中が満たされて己の手を白濁で濡らした。

快感の頂点へ身体が押しあげられるさなか、激しく蠕動《ぜんどう》する粘膜の中で渡瀬が動きを止め、直後に吐精したのを感じた。

「……っ」

きつく抱きしめられ、身体の奥に熱く濡れた感覚が広がる。精気が身体に満ちる。

荒い息を吐いてくたりと脱力した。身の内にえもいわれぬ満足感が充足しており、ようやく性欲が収まったことに安堵《あんど》する。

「……ったく、……勘弁してくれ……」

楔《くさび》を抜いた渡瀬が速やかに後始末をしてくれて、その手を借りて身を起こす。

「だいじょうぶですか」

渡瀬の上気した顔が色っぽくてどきりとしたが、それに欲情しておかしくなることは、もうなかった。

「ああ。いまのところは」

家でしたときのような甘い時間を持つこともなく、ふたりともそそくさと衣服を整えてベッドからおりる。

「そうだ。オヤジ――は、起こさなくてもいいか」

オヤジは気絶して転がったままだ。思いだしてその身体を手にとる。起きると騒がしくて面倒なので、そのまま上着に入れようとしたときにオヤジの目がぱちりと開いた。

『ぬお?』

「おう、起きたか」

『わしはいったい……』

オヤジはぼんやりとしていたが、渡瀬の顔を目にしたら思いだしたようだ。

『渡瀬！　そうじゃ。おぬし、なにをした。このわしにどんな魔法をかけたのじゃっ』

ただ手刀を食らっただけなのだが、早業だったせいか、渡瀬になにをされたのか記憶が定かでないらしい。もちろん渡瀬は魔法使いではない。

「文句は家に帰ってから聞くから、いまは勘弁な」

こちらのほうがよっぽど文句を言いたいが、かまっていられない。

渡瀬の代わりに適当に言ってオヤジを上着に詰め込んだとき、またもや医務室の扉が開いた。

「失礼します――あれ」

今度やってきたのは大豆生田だった。

大豆生田が相手では先ほどの女性のようにはいかない。あとすこしでもタイミングがずれていたらと思うとぞっとして、美和も渡瀬も顔をこわばらせた。

すぐになんでもないふうを取り繕おうと試みるが、ぎこちなさは拭《ぬぐ》えない。

大豆生田は美和の姿を目にして、意外そうに片眉をあげた。

「御頭、休んでいなくていいんですか」

「あ、ああ。ちょっと休んだら楽になった」

「そうですか？　ずいぶん顔が赤いし、汗ばんでいるようにも見えますが」

実験データを見るような観察眼で見つめられ、美和はぎくしゃくしながら返事を返す。

「え、そ、そうか？」

ことが済んだあととはいえ直後のことである。どうしても動揺を隠しきれない。

「仕事したいからって、無理しないでください。熱は測りましたか？」

「べつに、熱はないと思うぞ。測ってねえけど」

「これだから」

大豆生田が呆れたようにため息をつき、机の引き出しから体温計を取りだした。

「渡瀬くん、御頭はこういう人なんだから、つき添うならここまで面倒見ないと」

「そうですね。すみません」

さりげなく窓を開けて換気をしていた渡瀬が話をあわせる。

「御頭、はい、体温計どうぞ」

これ以上つっこまれないよう、美和はおとなしく体温計を受けとった。そして腋《わき》にはさもうとして作業着のファスナーへ手をかけ、そこで止まった。

「…………」

「…………」

大豆生田の視線は胸元に注がれている。

開けたら、内ポケットにいるオヤジを見られてしまう。

「……あー。もうすこし寝てるかな」

美和は体温計を手にしたまま、ごまかすようにベッドへ戻った。

「ところで、なんだ。様子を見に来てくれたのか」

「ええ。それと渡瀬くんが帰ってこないので、どうしたかと」

「すみません。そろそろ戻るつもりだったんですが」

渡瀬は澄ました顔でそんなことを言いながら、大豆生田のいる出入り口のほうへ歩いていく。

「わりぃ、大豆生田。俺が話し込んで、引き止めちまったんだ」

フォローを入れてやると、大豆生田が肩をすくめる。

「調子が悪いときは、しっかり休んでくださいよ。それより御頭、早く体温を測ってください」

「ああ」

熱の有無を確認するまで待っているつもりらしい。美和は鋭い視線から背をむけて、こそこそと体温計を腋にはさんだ。大豆生田の訝《いぶか》しそうな視線に耐えつつ測り終えてみると、平熱よりやや高めだった。

「七度だな。ま、こんなもんだろ」

具合が悪いための発熱ではなく、運動直後だからだと原因はわかっているが、もちろんそんなことは言えない。ベッドに横になって布団をかぶると、大豆生田もとやかく言わなかった。

「では、渡瀬くんを連れていきますけど、なにかあったら呼んでくださいね」

「おう」

医務室を出ていく大豆生田のあとに続き、渡瀬も出口へ足をむける。ちらりと気遣うような眼差しをむけてきたが、大豆生田がいることを配慮して、静かに会釈だけして戻っていく。

ふたりを見送った美和は、眉間《みけん》にしわを寄せて目を瞑《つぶ》った。

「……心臓に悪いぜ……」

性欲が異常に亢進《こうしん》したり、オヤジを隠さなきゃいけなかったりと、やっかい事が多すぎる。

これがしばらく続くのかと思うと気が滅入り、胸の膨らみにデコピンしたくなった。

三

昼過ぎには研究室へ戻った美和は、それ以後は異常な性欲に悩まされることもなく、その日の業務を終えた。

午前中に休んだせいで予定していた作業がずれ込み、山崎も帰して遅くまでひとりで居残っていた。そのため研究室を戸締まりして更衣室へ行くと、ほかに誰もいなかった。

渡瀬も心配して居残りを申し出てくれたのだが、あまりいっしょにいすぎて誰かに仲を勘ぐられたら困るので、帰ってもらった。

「出てきていいぞ」

自分のロッカーの前で上着の前を開けると、ポケットから顔を出したオヤジが鯉《こい》のように大口を開けて、ぷはっと息をしながら這《は》いでてくる。

『やれやれじゃ』

「まったくだ。あんたのお陰でとんでもねぇ一日だった」

『なぜじゃ。おぬしは渡瀬といい思いをしたろうに。わしは一日中こんなところに押し込められて、瘦《や》せる思いじゃ』

「冗談じゃねぇよ。こっちだって精神的に消耗しすぎて痩せるぜ。あんなのはもうごめんだ」

オヤジがふわりと浮いて美和の頭に乗る。

「ぅおい。人の頭に乗るんじゃねーよ」

『疲れたんじゃよ』

「精気もらっただろうが。甘えんなよ」

美和は文句を言いつつも、オヤジを頭に乗せたまま着替えを続けた。なんだかもう、かまうのが面倒になってきている。疲れているというのもあるが、歳《とし》をとるごとに年々、いろいろなことがどうでもよくなってきていて、大雑把な性格に拍車がかかっているようだ。

「あんた、もっとちいさくなれねーの？　そうすりゃポケットにも楽に収まるのに」

『できたらこんな苦労はせんのじゃ』

「だよな」

とりあえず今日一日はオヤジを隠しとおせたことで、気が弛んでいたのかもしれない。誰もいないと思ってオヤジと喋《しゃべ》りながら着替え終えた美和はロッカーの扉を閉めて出口のほうへ身体をむけ——、その先に篠澤が佇《たたず》んでいるのを見て心臓が口から飛び出そうになった。

「うげっ」

篠澤というのは第二研究室室長の篠澤である。己の興味のためなら平然と同僚に薬を盛る

神村
石田
美和

やつだと研究所内にその名を轟《とどろ》かせる男である。あの星《ほし》——人畜無害そうな見かけながら太巻きよりも図太く、厚揚げよりも厚かましい根性を持つ、あの総務の星すら恐れる男である。

それまで扉の陰になっていて気づかなかった。三メートル先の通路に立っている篠澤の視線は、あきらかに美和の頭上に注がれている。

「しし篠澤、いつからそこに」

足音は聞こえなかったし、気配もまったくわからなかった。おまえは忍者かと思いながら、美和は慌ててオヤジを両手でつかんで胸元へおろした。

「やあ美和室長。いま、誰かと会話しているように聞こえたのですが、どなたと喋っていらしたのですか」

美和より三つ年下の三十五歳、そろそろ青年とは言い難い年頃だというのに染みひとつない綺麗《きれい》な顔に、陶磁器製の人形のような笑顔を浮かべて近づいてくる。そしてその瞳は獲物を見つけた蛇のようにオヤジにロックオンされていた。

これはまずい。尋常でなくまずい。賞味期限切れの牛乳よりまずい。

背筋に冷や汗が流れ落ちるのを感じながら、美和は言葉を選んだ。

「ひとり言だ。歳をとるとひとり言が多くなって困るよな」

「声や喋り方が違った気がしましたけれど」

「腹話術の練習をしてたんだよ」

「ほほう」

「このあいだ送別会をしたんだけどさ、一芸があったほうが場を盛りあげられていいよなあとか思ってだな」

うそ臭い言い訳を喋りながら、美和は鞄を開けてオヤジを押し込む。

「それは？」

「なんでもねーよ」

「それが喋っていたように思えたのですけれど……」

猜疑《さいぎ》に満ちた、それでいて興味津々といった口調で問いかけられて、美和は乾いた笑い声をあげた。

「ははは。んなわけあるか。ただの人形だ」

「人形など、なぜ頭に乗せていたんです？」

「それは……なんでもいいだろ。男ならそんなときもあるだろ」

「ないと思いますけど」

ロッカーに鍵《かぎ》をかけてさっさとこの場から逃げだしたいのだが、焦ってしまってなかなか鍵を取りだせない。

「それよりおまえも、ずいぶん遅くまで居残ってたんだな。調子はどうなんだ」

「調子？　それは愚問ですね。何事も完璧《かんぺき》な私に、調子の悪い日などありません」

「はは。おまえは完璧でも、実験相手の微生物たちが調子が悪いことだってあるだろうよ」

「そうですね。あの子たちは、だからこそ可愛《かわい》らしいのですが」

「どこが可愛いか俺にゃわからんね。うねうね動いてるだけじゃねーか」

話をそらして時間を稼ぎ、よくやく鞄から鍵を取りだした。ロッカーに鍵をかけ、その場から離れる。

「あ、待ってください。さっきのものを見せてもらえませんか」

「わりぃけど急いでるんだ。じゃな」

美和はあいさつもそこそこに篠澤から逃げだした。

はっきり言おう。篠澤はナルシストの変態である。

研究員は変わり者が多いが、その中でも篠澤は群を抜いた変人で、研究に没頭するあまり常軌を逸した行動に出ることが往々にしてあり、身の毛もよだつような噂《うわさ》がいくつもある。業務以外で勝手に独自の研究をしているようでもある。

現在彼が関わっているのは微生物を用いたアミノ酸の研究だが、彼自身の興味はその限りではなく、動植物の免疫やペプチドホルモンや疼痛《とうつう》の細胞分子メカニズム等々、多岐に渡っている。美和から出ている妙なフェロモンなども、篠澤の興味のど真ん中と言える。

つまりオヤジのことが知れたら篠澤の実験材料にされるのは火を見るよりあきらかなのである。べつにオヤジがどうなろうと知ったことではないが、それでオヤジになにかあると美和の身体にも飛び火するため、美和としてはオヤジを護《まも》らねばならない。

誰よりも見つかってはいけない相手に目撃されてしまった。いまは逃げてきたが、あれで諦《あきら》めてくれるとは到底思えなかった。

『あやつは好みの精気じゃなかったのう』

車に乗り込むと、オヤジが勝手に鞄から出てきた。それを横目に見ながらエンジンをかけ、アクセルを踏み込む。

「オヤジ、これから気をつけろよ」

『なんじゃ』

「生き物だとあいつにばれたら、あんたの命はないからな」

『というと』

「『伝説その一、かわいそうなねずみ』の話からしてやる」

『な、なんじゃそれは……？』

篠澤がいかに恐ろしいか、その逸話をおどろおどろしくオヤジに教えてやりながら帰宅した。

「――ふふふふっ、さあ、可愛いしもべたちよ、私のために血反吐を吐いて働きなさいっ」

翌日の昼休憩時、美和と第一のメンバーが第二研究室前を通りかかったら、篠澤のあやしげな声が室内から届いた。

本当に仕事をしているのか黒魔術でもしているのか定かでないが、ともかく実験中の篠澤はいかれている。いつものことなので聞き流して通りすぎ、一行は食堂へむかった。

食事をはじめてしばらくすると、その篠澤がトレーを持って、美和たちのテーブルへやってきた。

「ごいっしょしてもよろしいですか」

そして誰も返事をしないうちに空いた席にすわる。

渡瀬のとなり、美和のななめむかいの席である。

食堂が一番混む時間帯ではあるが、見まわせばほかに空席はある。第二の研究員たちが集まっているテーブルもあるというのに、わざわざこちらへやってきた理由は聞くまでもない。

オヤジについて探りを入れに来たのだろう。

また来るだろうと覚悟はしていたが、気が滅入ることである。

部下たちは何事がはじまるのかと沈黙し、ことのなりゆきを見守るように美和と篠澤の顔を窺っている。

「美和室長、いまは急いでいませんよね。昨日のあれ、見せていただけませんか」

「……………」

「その胸に入っているんでしょう？」

美和は苦い顔をして、篠澤の隙《すき》のない笑顔を見返した。

篠澤は変人だと思うが、きらいではないし仲が悪いわけでもない。対象への純粋な興味が強いがゆえに常識が二の次になってしまう思考回路は、共感できてしまう部分がある。研究の話をするぶんには興味深い話ができる相手で、月にいちど、部長をまじえて酒を飲む機会もある。しかしながら自分がこの男のターゲットになることはごめんこうむりたい。

「悪いが、見せられねぇんだ」

「なぜです」

「おまえに見せたら壊される。分解したくなるだろう」

「そんなことはしません。さわらせてもらわなくてけっこうです。見せてもらうだけでいいんですけれど」

「それでもだめだ。あれは、五年前に他界した祖母の形見の人形でな。遺言で誰にも見せるなと言われてるんだ」

小学生でも言いくるめられそうにない、人を小ばかにしたような理由だが、この際なんでもいいのだ。

きっと篠澤に絡まれるだろうと思って、昨夜《ゆうべ》いろいろ考えてみたのだが、うまい言い逃れなど思いつかない。どうせなにを言っても見せるまで諦めないのだろうからと、思いきり適当なことを言って堂々と開き直ってやった。

「人形……？」

となりにすわる山崎が呟き、篠澤におそるおそる尋ねる。

「この胸、篠澤さんの仕業じゃないんっすか」

「おや、皆さんもご存じないのですか。気になりますよね」

「そりゃまあ……」

山崎が美和の胸に視線を注ぐ。ほかの者も同様に、穴が開きそうなほど視線を集中させてくる。

針の筵《むしろ》のような沈黙が、数秒続いた。

幸いオヤジはぴくりとも動かない。篠澤についてたっぷり怖がらせておいたのが効いているようだ。

オヤジ、動くんじゃねぇぞと心の中で念じながら、美和はご飯を口に運ぶ。誰になにを聞かれても、とぼけて通すしかないと決め込んで咀嚼《そしやく》する。

「そういえば、午後は外国からの見学者がやってくるんでしたよね」

気まずい沈黙を破り、渡瀬が唐突にそんな話題をふってきた。この場の雰囲気を変えようとしてくれているらしい。

「どちらの国でしたっけ」

「あー、どこだったかな。中東のほう……」

首をひねると、大豆生田が答えてくれた。

「サウジアラビアからの研修生でしょう」

「ああ、そうそう。五人来るぞ」

「中近東方面の人が来ると、姿を見なくてもわかりますよね。通りすぎたあとに独特の香りがして」

山崎も話にまざる。

「香水なんだろうねぇ。文化の違いを感じるよね」

「そういや、前回海外からやってきた見学者の接待で、本社から高山《たかやま》さんが来たけど——」

ほかの部下たちも美和が胸の話題にふれてほしくなさそうなのは昨日のうちから察していて、渡瀬の強引な舵とりに協力し、ぎこちないながらも視線を散らして会話を再開してくれた。篠澤だけは美和から視線をはずそうとせず、始終観察され続けたが、どうにか乗り切ることができた。

しかし、食事を終えてからも油断はできず、篠澤の観察は午後も続いた。たいした用もないのに研究室へ押しかけてきたり、トイレに行くと、どうやって嗅《か》ぎつけたのか、あとからやってきたり。

「……いい加減にしてくれねぇかな」

用を足しているときまで観察されて、さすがに苦言を漏らしてみるが、篠澤は微笑を崩さずさらりと返す。

「気にせず続けてください」

笑顔を浮かべてはいるものの、その目は笑っていないのが恐怖を煽る。

「見られてちゃ、出るもんも出ねーよ」

「おや、意外と繊細なところがおありなんですね」

「……あまりふざけんなよ」

凄《すご》みをきかせて睨んだら、トイレからは出ていってくれた。廊下で待機していたけれど。

常に持ち歩いている手鏡で自分の顔をベストの角度からチェックしていて、美和が出てくると笑顔を見せる。

「おまえさ。まさか第一研究室の中に、盗撮カメラとか仕込んでねーだろうな」

「まさか、そんなことはしませんよ」

「だったらなんで俺が用足しにきたのがわかったんだよ」

「偶然でしょう」

人形のような笑顔が疑わしい。篠澤を追い払って研究室へ戻った美和は一同へ告げた。

「おまえら。極秘情報が入った。どうやらこの研究室にスパイが入り込んだらしい」

ざわり、と部屋がざわめく。

「隠しカメラが仕込まれてる可能性がある。それらしいものを見つけたら教えろ」

続けて美和は山崎と大豆生田の三十路《みそじ》コンビを呼んだ。

「特攻隊」

「いえっさ！」

ふたりが芝居がかった声をあげて機敏に立ちあがり、美和にむかって敬礼する。

「特別任務を与える。率先してカメラの捜索に努めろ。報酬は出来高次第だ」

「ラジャ！」

ふたりとともに美和も探しはじめてほんの十五分。

「御頭、ここにありました！　これってそうですよね」

「こっちにもです！」

小型カメラが三つも見つかった。

棚の上部と出入り口の上部と美和のパソコンの横。篠澤のことだからとなかば確信していたが、本当に見つかると、怒りも不気味さも通り越して、絶句するしかなかった。

「犯人は誰です？　本当に企業スパイとかじゃないっすよね」

「そうじゃない。篠澤のお遊びだ」

「もうすこし探しますか」

「いや。いい。サンキュな」

まだありそうだが、時間の無駄な気がして捜索を終了した。

どうしてそれほど他人の持ち物に執着できるのか理解できない。ふつうは興味を持っても
ここまではしないだろう。

だからこそ篠澤なのだと納得するしかないのだろうか。

やっかいな男に目をつけられた。本当に、勘弁してほしい。

そんな調子で一日が経過し、篠澤の監視に気疲れしつつ仕事を終えて帰り支度をはじめる
と、渡瀬がそっとそばに来た。

「俺もあがるんで、いっしょに帰りませんか」

「おう」

渡瀬の顔を見たら、とげとげしていた気持ちがゆるりと綻んだ。仕事中とはどことなく雰
囲気の異なる甘さの滲《にじ》んだ眼差しに見おろされ、内心ちょっとときめきながら、美和もやわ
らかい微笑を返す。

「んじゃ帰るか。おまえら、あまり遅くなるなよ」

「はい。お疲れ様です」

居残るほかの部下たちに声をかけて、渡瀬とともに研究室をあとにした。

今日は家に寄ってもらおうか、などと思いながら更衣室へ行く。

するとし、またもや篠澤が待ちかまえていた。小脇に抱えているのは最新号の『科学と生物』。変哲もないただの雑誌なのだが、この男が手にしているというだけであやしげな魔術書にしか見えなくなる。

「お疲れ様です美和室長」

「……おう」

嫌そうな顔を隠す気にもならなかった。

「おまえだろ、うちにカメラ仕込んだの」

「うふふ。ばれてしまったようですね」

「ふつう、そこまでするか？」

「ふつうはしないでしょうね。ですが私は完璧をめざす男ですから」

さらりと髪をかきあげて誇らしげに言う男には、反省も悪びれる様子もない。

「……だろうな」

げんなりとしてロッカーを開ける。すぐ横で当然のように篠澤が見ている。

煩わしいことこの上ないが、もう、あっちに行けとか言うのも面倒臭くなり、美和は篠澤の目の前でオヤジ入りの作業着の上着を脱いだ。ただし内側が見えないように脱ぎ、そのまま丸めて鞄に詰め込む。

篠澤の気配を感じているのだろう、オヤジは始終無言だ。妖精は窒息死しないのだろうかといささか心配になる。さすがにオヤジがかわいそうに思えてきたが、致し方ない。

　ズボンをはき替えているあいだもやたらと身体を見られたりして、いつぞや星ともこんな場面があったと思いだしたが、篠澤に限ってオヤジの影響を受けるとは考えられず、着替えを続ける。たとえオヤジが本気を出して魔法をかけたとしても、篠澤の場合は実験対象を見る目は揺るがないだろうと思えた。

「そういえば先日、水素触媒の開発で、画期的な方法ができたとＨＨＯ社が大々的に宣伝してましたね。あれ、第一でやってるやつでしょう？」

　着替え終えてさっさと帰ろうとしたとき、狙《ねら》ったようなタイミングで、美和も関心を抱いていた話題をふられた。

「ああ、あれなあ。俺たちとおなじじゃないんだ。ついでに、言ってるほど画期的でもないんだ。コストもかかるし。ま、悪いとは言わねーけど」

「と言いますと」

「つまりな――」

　研究の話となると、つい盛りあがってしまう。聞き流すことができずに足を止め、渡瀬が待っているのを気にとめながらもついつい話し込んでいると、篠澤が渡瀬をふり返った。

「きみは帰っていいですよ。積もる話があるし、長くなりそうだから」

　やや離れて控えていた渡瀬が、むっとした顔をして歩いてくる。

「そういうわけにはいきません」

「なにか用があるのですか」

「ええ」

「なに。ご飯食べに行くとかなら、私もごいっしょさせてもらおうかな」

篠澤の腕が美和に伸び、肩を抱き寄せようとする。それを阻むように渡瀬が割り込んで美和を自分の背に隠し、ついでに美和の鞄を奪った。

「仕事のことで大事な相談がありまして。すみませんがご遠慮いただけますか」

篠澤を見おろす渡瀬の眼差しが、静かな圧力をかけていた。

いきなり威嚇された篠澤のほうは口元に笑みをたたえてはいるが、その目は笑っていない。

「……きみ、食堂でもさりげなくかばってましたよね。もしかして美和室長の秘密を知っているのかな」

「なんのことですかね」

渡瀬がとぼけてみせると、ふいに篠澤の瞳が底光りするように爛々《らんらん》と輝いた。

放っておいてはやばい雰囲気を肌で感じた美和は、出口のほうへ渡瀬の背を押した。

「そう、大事な話があったんだ。んじゃ、そういうことなんで。篠澤、またな」

渡瀬を連れて早足に建物から出て、うしろをふり返っても篠澤が追いかけてこないのを確認してから歩く速度を落とした。

すこし気持ちが落ち着いてきて、ほっと息を漏らした。

「やれやれ……って、最近これが口癖になっちまったな」

外は春の夜の優しい気配に満ちていて、広大な敷地に点在している外灯がぼんやりと足元を照らす。研究所があるのは郊外で、周囲に光源が乏しいお陰で空を見あげれば春の夜でも星がまたたいているのがよく見えた。

駐車場までの道のりは樹木が多い。桜の蕾《つぼみ》も先を競って花開く時季であり、どこからか花の香りが漂ってきた。匂《にお》やかな空気を吸い込んで、となりを歩く男に目を移す。

「待たせて悪かったな」

「それより。篠澤さんに、あれ、見られたんですね」

「じつはそうなんだ。昨日の帰りにうっかりな。人形だって言ってごまかしたんだが」

昨日の更衣室での出来事を簡単に話して聞かせると、渡瀬がため息をついた。

「お願いですから、もっと警戒してください」

「反省してる。オヤジが生き物だってばれたら、あいつ、どんな手を使っても奪おうとしそうだもんな。気をつけるわ」

「そのことだけじゃないでしょう」

渡瀬の声が、苛立たしそうに低くなる。

「あなた自身も狙われてるんですから、自覚してください」

「篠澤はべつに……いや、うん。気をつける」

睨むように見おろされて、美和は視線を泳がせて言い直した。そんな美和の耳に恋人の強い声が届く。

「俺、決めました」

「なんだ」

「早く妖怪から解放されるためにもこれからは毎晩あなたを抱きます」

「はっ？」

思いがけない宣言に、美和は目を剝いた。

「毎晩？」

「はい。迷惑でも、我慢してください」

「いや待て。本気か？　毎日うちにくるのか？」

「そのつもりです。もう決定事項です」

「いや、だが……毎晩って……」

「嫌ですか。でも、職場ですることになるよりはましでしょう」

「迷惑とか嫌とかじゃなくてだな」

素直に了承するのはためらってしまい、言葉を濁した。

申し出はありがたい。ありがたいのだが、毎晩となると、互いに体力がもつだろうかという不安を感じる。

なにより、せっかくできた恋人に迷惑をかけて申し訳なかった。愛しあっている結果としての行為ではなく、義務のようにさせてしまうことに抵抗がある。三日に一度ぐらいならまだしも、毎日となると若い渡瀬だって辛《つら》く感じるだろう。

「ありがたいけどさ、おまえの精気を奪うことになるんだから、毎晩ってなると、おまえの身体も消耗するはずだしな……」

これ以上迷惑をかけたくない。我慢して橋詰クラスと一回すれば、オヤジもすぐに回復するのかもしれないという思いがちらりと脳裏をよぎる。だが、だからといって好きでもない男とする気には、いまさらなれなかった。いまは渡瀬がいるし、そんな選択をしたら、たぶん渡瀬も悲しむ。

「俺ならだいじょうぶです」

「でもなあ、毎日は大変だろ。一日おきぐらいにしないか」

「変な遠慮はやめてください」

渡瀬が足を止めて見おろしてきた。美和の楽観的かつ煮え切らない態度に苛立ちが増したらしく、思わず怯《ひる》むほど真剣な眼差しをしている。

「美和さん。俺、あなたのことが好きなんですよ。わかってます？」

低い声が、切実な響きを宿していた。

「あなたがほかの男にべたべたさわられているのを、これ以上黙って見ていられません」

「さわられるったって……」

エロいことをされた覚えはなく、とまどう。

「ええ。肩や背中を叩かれたり手を握られたりしても、あなたは気にしていないようですね。でも俺は我慢できないです。気づいていないようですけど、ものすごい目で見られてるんですよ」

「………」

「一瞬でも目を離したら誰かに襲われそうで、ほんとうは家に閉じ込めておきたいぐらいです。こんな不安な毎日を送らなきゃいけないなんて冗談じゃないです。あの妖怪のことがなくてもあなたを毎晩抱きたいと思ってるんです。せっかく恋人になれたのに、あれに邪魔されて落ち着いて話もできないし……」

怒りをぶつけられているようなのだが、言っている内容はものすごく激しい愛の告白で、美和の頬がじわじわと熱くなった。

普段の渡瀬は年齢を感じさせない大人びた雰囲気で、落ち着いた物腰の男なのだが、ふとした拍子に点火する。主に、美和に関することになると。

大事に思われているのだと知らされ、嬉《うれ》しいというよりも恥ずかしくなってしまって、どう対応したらいいのかわからなくなってしまう。

美和の照れが伝播したようで、渡瀬の耳もうっすらと色を帯びだしたが、怒った顔は崩さない。

渡瀬が視線をはずしてふたたび歩きはじめ、美和もとなりに並ぶ。

「えーと……。——ん？」

面映《おもは》い《ゆ》気分になりながらも、美和が返事を返そうと口を開いたとき、どこからともなく名を呼ばれた気がして口を閉ざした。

『美和……』

耳を澄ませば、それはオヤジの声だった。

『た……助け……』

「うわ、そうだ！　オヤジっ」

オヤジの話をしていたにもかかわらず、その所在をすっかり忘れていた。以前は姿を消していることが多かったため、そんな調子でいた。干涸びかけた声を出すオヤジを救出すべく、美和は渡瀬に持たせていた鞄を慌てて開けた。

四

その週の土曜日。休日なのだが、実験データが気になった美和はオヤジを連れて出勤した。誰もいないひっそりとした研究室で、ひとりで装置を動かす。

「オヤジ、危ないからあまり動きまわるなよ」

『うむ』

オヤジがふわりと浮きながら頷く。さすがに誰もいないので隠さずともだいじょうぶだろうと思い、外に出している。

『頼まれてもいないのに休日まで仕事をするとは、おぬしもの好きなやつじゃのう』

「まったくだな」

そのとおりだと我ながら思う。

ＡＲ石油は同業他社と比較すると、かなり社員に優しくまったりした社風である。年休はとりやすく、土日に強制出勤させることもない。

優良企業で、はたから見たら夢のような職場なのだが、実験大好き人間の美和としては休日が多いのはお預けを食らっているようで辛いものがある。年休をとっても、けっきょく家で専門誌を読んでいたりするのだからあまり意味がなく、正直、そんなに休みはいらない。研究をしていれば幸せで、徹夜も望むところである。篠澤のことを変人呼ばわりしているが、自分も同類だと思う。

『せっかくの休みなんじゃから、一日中性交でもしておればよいのに』

「あほか。あんたじゃあるまいし」

『渡瀬とは、今日はもう会わんのか』

「夕方会うぞ」

先日の宣言のとおり、あれから四日、渡瀬に毎晩抱かれている。お陰で職場で発情することはなく過ごせていたが、正直、腰が辛い。

だから一日一回でいいと言ってみたのだが、渡瀬のほうは一回ではもの足りなそうな顔をする。若いって怖い。

こっちは年寄りなのだから勘弁してほしい。と言いつつも、抱かれると即効で感じてしまって、あんあんよがってしまう自分のほうもどうかしている。

よがってしまうのはオヤジの影響のせいだと言ってしまいたいのだが、どうもそれだけではないと気づいているから言い訳もできない。

なにしろオヤジが離れたあとで抱かれたときも、おなじように感じていたのだから。

異常に感じやすい身体になってしまったものだと思う。三十八にもなって男に乳首をさわられて喘ぐようになるだなんて、よもや予想だにしなかった。

以前は自慰すらろくにしない枯れた生活を送っていたというのに、急激に開発されすぎだ。嫌ではないが、とまどいが強い。花咲爺《じい》さんに無理やり開花を強いられた枯れ木の気分ってこんなだろうかと美和は遠い目をして考える。

『今夜も渡瀬か。毎日渡瀬は飽きるのう。たまにはほかの……』

「うっせーぞ。文句は言わねぇ約束だろ」

『むぅ。おぬしは飽きんのか』

「……。飽きねーよ」

んなこと言わせんなよ、と耳が赤くなった。

まだつきあいはじめたばかりで、恋心も自覚したばかりである。自分が渡瀬に飽きる日を想像することは難しい。

若いときでも恋愛に盲目にはなれないたちだったはずなのに、いまは渡瀬といると頭の中が花畑になったような気分になる。浮つきすぎて、自制がきかない自分にまいっているほどだ。

こんなことは、これまでの人生で経験したことがなかった。

ただ、渡瀬は若い。十一も年下である。好きだと言ってくれたが、若さゆえの情熱が落ち着いたときに我に返るかもしれない。こんなおっさんのどこを自分は好きになったのだろう、と。

いつ飽きられてもふしぎではないという思いは、常につきまとっている。

恋は刹那《せつな》なものだと、経験ではなく知識で知っている。永遠を誓いあって結婚しても、離婚する夫婦はすくなからずいる。橋詰も、今度こそ運命の人を見つけたと言って、出会って半年足らずで結婚したのに、それから一年で離婚した。人の心は変わりやすい。それは自分たちも例外ではないだろう。

だからこそ、大事にしたい。渡瀬も。この想《おも》いも。

すこしでも長続きさせたい。

いまはまだはじまったばかりで遠慮があったり照れがあったりでぎこちないが、やがては、いっしょにいることで互いを高められるような関係になりたいものだと、美和なりに考えたりもする。

ただし、恋愛事に疎い自覚はあり、この手のことにはまったくもって自信がない。経験も知識も乏しく、長続きの秘訣などよくわからなかった。

「なあオヤジ」

美和は椅子にすわって装置を見守りながら、作業台のあいたスペースでごろごろしていたオヤジに話しかけた。

「男の恋人同士って、普段どんなことをしてるんだろうな」

『性交じゃろ』

よどみのない返答に、げんなりする。

こんなやつに訊くんじゃなかったと後悔しつつ、自力で考えようと思考をめぐらす。

男同士だからと難しく考えるからいけないのだろうか。世間一般の男女のカップルの場合ならば、いっしょにご飯を食べて、エッチして、デートして……。

「――あ、そうか。デートか」

いちどテニスをしたことがあるが、それ以外では、デートという雰囲気のことはしたことがなかったかもしれない。

今度、デートに誘ってみるのもいいかもしれない。

しかしデートといっても、男ふたりでどこへ行けばいいのだろう。

椅子の背にもたれて、伸びをするように天井を見あげながら思い悩む。

『記念日にぷれぜんと交換なんてこともするんじゃろ』

オヤジに言われて、そういったイベントにもはじめて思いいたった。

「そうか。そーいや、渡瀬の誕生日っていつだ」

美和は勢いをつけて立ちあがり、実験を放置して自分のパソコンのほうへむかった。個人データを調べると、四月二十日だった。

「おおっと、もうすぐじゃねえか。危ねえ。助かったぜオヤジ」

渡瀬にはどうも、自分の渡瀬に対する関心が薄いと思われているようなのである。名前を呼べというから呼んでやったら、異常なほど驚かれたりもした。

身体からはじまった関係だからそう思うのも無理もないのかもしれないが、いくらなんでも惚《ほ》れた男の名前ぐらい知っている。研究ひと筋といっても、それしか考えていないわけではない。なのにあの反応は、はなはだ心外である。

あの様子だと、誕生日だって知らないと思われているだろう。

実際、たったいままで知らなかったわけだが、それは置いておくとして。

誕生日にサプライズプレゼントでもすれば認識を改めてくれるだろう。

「ふっふっふ。待ってろよ渡瀬」

俺を見くびるなよ、と美和は得意顔になって腰に手を当てた。

なにをあげたら喜ぶだろう。

自分で持ち物を選ぶ際には機能重視で、デザインはあまりこだわらないし、服も破れるまで着倒すほうだが、渡瀬はそうではない。服でも小物でもさりげなくセンスを感じさせるものを選んでいたりして、おしゃれに気を使う男だ。

下手なものをあげるよりは、奮発して贅沢な旅行にでも誘ったほうがいいだろうか。

考えだしたら楽しくなってきて、実験の作業そっちのけで行き先を考えはじめた。

以前ならば、イベントなんて面倒臭えなーと思うところなのだが、妙にわくわくしている。

祝ってやりたいし、喜ぶ顔を見たいとも思う。

——ああ、俺、恋してるんだな。

ふいに自覚して、美和はひとりで照れた。


夕方になって家へ戻った。

居間に入ると、ふたつ並んだ座椅子が目に入った。古くてくたびれているほうが美和のもので、寮にいた頃から使っている。真新しいほうが最近渡瀬用に買ったものだ。

これまでは自分のものがひとつ、こたつのそばにぽつんと置かれているだけだった。

いま、渡瀬は家にいない。それでもこのような光景を見ると、彼のぬくもりを感じ、心の底にやすらぎを覚えた。

ひとり身の孤独感など自覚したこともなかったのに。

そんなことを思っていると、玄関チャイムが鳴り、渡瀬がやってきた。

渡瀬はこのところ美和宅に泊まり込んでいて自宅に帰っていなかったので、久々に戻って郵便物の処理や着替えの準備などをしてきたのだった。

「おかえり」

玄関を開け、ふつうのあいさつのつもりでそう言ってやると、渡瀬がつかのま息を止め、低い声で返事を返す。

「……。ただいま、です」

「おう」

「……抱きしめていいですか」

「あ？」

にわかに興奮した気配の恋人に美和は怪訝《けげん》な一瞥《いちべつ》をくれ、その手からスーパーの袋を取りあげる。

「だからなんでおまえはいつも玄関先でサカるんだ？」

渡瀬の興奮の理由を理解できない美和は先にキッチンへむかい、食材の入った袋を食卓の上に置き、物色する。

困ったような嬉しいような照れたような、様々な感情の入り交じった表情を浮かべながらあとに続いてやってきた渡瀬が食材の一部を調理台に置き、残りを冷蔵庫へしまう。

「今日の夕飯はハタハタか」

「ご存じですか。俺はこの魚、ひとり暮らしするまで知りませんでした」

「へえ。そうか、関東で出まわるようになったのって、最近かもなあ。なにか手伝うことはあるか」

「ありがとうございます。箸《はし》と皿を適当に出してもらっていいですか」

ありがとうはこっちのセリフである。

オヤジがついているあいだは外食を控えたいので自炊となるのだが、このところは渡瀬に夕食を作ってもらっている。厚意に甘えて食材の調達も任せっきりだ。晴れて自由の身になったら外食に誘ってねぎらいたいものだ。

できることを終えて食卓の椅子にすわった美和は、てきぱきと動く男の姿を見ながら誘いかけた。

「なあ。明日はまたテニスでもしないか」

「テニス、ですか」

渡瀬はすこし考えるような顔をしながら食材をしまうと、美和へ顔をむけた。

「せっかくですが、美和さんを人目に晒したくありません」

「なんだそりゃ」

「外に出れば狙われるっていうのに、襲われ足りないんですか」

「まさか。だけどさ、家にこもってばかりってのもどうかと思って。おまえまでつきあわせて」

今回は魔法をかけられていないはずなのだが、以前のように男を惹《ひ》きつけてしまっているのは部下の態度の変化によってあきらかで、人の集まる場所へ行ったらトラブルになることは予測できた。

だがテニスだったら、すくなくともコート上は問題ないし、渡瀬も賛成するのではないかと思ったのだが、やはり気にかかるらしい。

「たまにゃ外に出て、デートみたいなことしてもいいかなと思ったんだが」

肩をすくめて呟くと、渡瀬の目元が優しく和んだ。

「ありがとうございます。俺はいっしょにいられたらそれで満足です」

渡瀬が微笑《ほほえ》みながらそばに来て、身を屈《かが》めた。そして美和の頰に手を差しのべる。だが、まもなくその男前の顔がしかめ面になった。

渡瀬の視線は、美和の肩口に移動している。

「……ほんと邪魔ですよね、それ」

キスしようとしたのに不愉快な物体が視界に入り、気がそがれたらしい。

「デートは、その変なのがいなくなったらにしましょう。明日は家でＤＶＤでも観《み》ませんか」

「そうだな」

変なの呼ばわりされても、それが自分をさしているのだと気づいていないオヤジは美和の肩の上でアホ顔を晒している。

『ん？　なんかおったんか？』

キョロキョロと辺りを見まわすオヤジに、美和は苦笑するしかなかった。

「なんでもねーよ」

渡瀬は美和から身を離すと、夕食の支度に取りかかった。美和は椅子の座面に片足を乗せて、だらりとくつろぎながら、手際よく調理をする男の背中を眺める。

「家はどうだった。冷蔵庫のもん腐ってなかったか」

「問題なかったです」

渡瀬の住まいは研究所からも美和のマンションからも、車で二十分ほどの場所にある。となり町の駅前の繁華街に建つひとり暮らし用のマンションだと聞いていた。

「そういや俺、おまえんちって行ったことねえな」

なにげなく言ってみたら、渡瀬が明るい眼差しをむけてきた。

「来ますか？　すごく狭いし、なにもないですけど」

どんな感じの家に住んでいるのか、俄然興味が湧《わ》いてきた。

「おう。んじゃ、おまえんちでＤＶＤ観ようぜ」

そんなわけで渡瀬のマンションを訪問することに決まった。

「俺のバイクで行きましょうか」

駅の近くで、大型商業施設もあるため、車だと渋滞に巻き込まれるのだという。渡瀬の提案に、美和は躊躇するように耳をいじった。

「バイクか」

「もしかして乗ったことないですか」

「ああ。じつはさ、昔、弟が原付の免許とって、その翌日に事故って骨折ったりしたもんで、なんかさ」

「弟さんって、三つ年下でしたっけ。原付っていうと、高校生のときとか？」

「そう。高校入ってすぐだったな。あの頃の弟はやんちゃしててな。いまは多少はおとなしくなったって話だけど、どうだかな」

家族構成については、身体の関係がはじまった頃に簡単に話してあった。美和には弟がひとりと、八つ離れた妹がいる。両親も弟妹もそれぞれ地方で暮らしている。渡瀬のほうはひとりっ子で、両親は都内に住んでいるらしい。

「身内が事故にあったのでしたら、怖いですよね。車にしますか」

「いや。乗る」

美和は調子を一転させて、きっぱりと言った。

「弟のことがあって敬遠してたけど、べつに怖いってわけじゃない。乗る機会がなかっただけだ」

「はあ」

「おまえはバイク歴長いだろうし、だいじょうぶだろ」

渡瀬は瞬《まばた》きして美和を見つめ、それからひっそりと苦笑して首をふる。

「無理しなくていいです。やっぱり車にしましょう」

「無理してるわけじゃねえ。バイクで行くぞ」

「すみません。失言でした。美和さんに限って、無理じゃないですよね。でも、車のほうが安全ですから車にしましょう。渋滞するといっても抜け道がないわけじゃないんで」

「てめ、無理じゃねえっつってるだろーが」

美和の強がりを見抜いた渡瀬は子供をあやすような態度をとり、それが美和の天《あま》の邪鬼《じゃく》な部分を刺激する。しかし続く渡瀬のひと言で、美和は押し黙った。

「待ってください。考えてみたら、ヘルメットがひとつしかなかったです」

「………」

「すみませんが、車を出してもらっていいですか。万が一、その変なのが風に飛ばされたりしたら大変ですしね」

「そりゃ……しかたねーな」

そんなやりとりをした翌日、午前中のうちに美和の車で出発した。

渡瀬のマンションのある街は電車の利便性がよく、東京のベッドタウンとなっているため、周辺の地域の中ではもっとも栄えている。途中、商業施設の駐車場渋滞で道が混んでいるところもあったが、渡瀬の指示に従ってわき道を進むと、わりと時間がかからずに到着した。

六階建てのこぢんまりしたマンションである。

車を来客用の駐車スペースにとめて、三階にある渡瀬の家へむかう。

「狭いですけど、どうぞ」

玄関の扉を開けて中へ通され、靴を脱ぎかけたところで、渡瀬がはっとした顔をした。

「あ、ちょ、ちょっと待ってください！」

美和をその場にとどめた渡瀬は慌てた様子で廊下を走り、奥にある扉のむこうへ消える。扉はさほど待つことなく開いた。

「失礼しました。どうぞあがってください」

「なに隠したんだ。ＡＶか？」

この男がこういう慌て方をするのは珍しい。美和がにやにや笑ってからかうと、渡瀬はうしろめたいことでもあるかのように目をそらした。

「そんなんじゃないです」

「借りてきた洋画じゃなくて、そっちを観るか」

「ちがいますって」

キッチンもかねている短い廊下を過ぎ、奥の部屋へ通される。

ワンルームのそこは八畳から十畳ぐらいの広さだろうか。ベッドに小ぶりのソファ、机に本棚と、家具がひしめくように詰まっている。本棚はぎっしりと書籍が並んでおり、机の上には仕事関連の学術資料が山のように積まれていた。ソファの脇の床にはテニスラケットやスポーツバッグが無造作に置かれている。

　ごみこそ落ちていないが、雑然とした雰囲気だ。美和の机も書類が散乱していて汚いが、部屋が広いのでさほど気にならない。整頓《せいとん》具合はいい勝負かもしれない。

「なんか、意外だな」

「そうですか?」

「もっとなんつーか、インテリア雑誌に載りそうな部屋を想像してた」

　率直な感想を漏らすと、渡瀬が窺うような眼差しをした。

「そういう男がよかったですか?」

「いや。このほうが落ち着く」

　答えてやると、渡瀬の表情がほっとしたように緩む。それは微妙な変化で、以前だったら見落としていただろう。

　深い仲になる前は、いつでも落ち着いて寡黙で、女子にもてる男という表面的なイメージしか持っていなかった。なにを考えているのかよくわからないところがあった。だがよくよく注意してみると感情の起伏はきちんと表情に表れていて、それを発見するたびに、自分だけが渡瀬の内面にふれたような特別な気分になり、胸がムズムズしてくる。

「そこのソファにすわっていてください。いま、コーヒーを淹《い》れますね」

「おう」

廊下のほうへ戻っていく渡瀬に答えながらも、やはり美和の興味を引くのは本棚の専門書で、すわらずに眺めた。ネットが主流のいまでもこれだけの本を個人で所有しているのはすごいと思える量だった。本の並びを見ればよく勉強していることが窺えて、渡瀬の知識の豊富さと勤勉ぶりを示している。また専門書ばかりではなく娯楽小説などもあるところがバランスのよさを感じさせた。

机に積まれているのは特許の資料が多く、その横に置かれた複数の辞書もかなり使い込まれている。

「ジャーナルリーダーまで持ってやがる」

下手をしたら自分よりも熱心に勉強しているかもしれない。もしかしたら、追い越される日も来るのかもしれない。こりゃ本気で負けてらんねーなと闘志を燃やしつつ、机から本棚のほうへ視線を戻しかけたとき、そのふたつの家具のあいだの奥のほうに、写真立てらしきものが落ちているのを見つけた。

目が届きにくい位置であり、きっと落としたことに気づいていないのだろう。親切のつもりで美和は腕を伸ばして写真立てを拾いあげた。そしてひょいと写真を見て、固まった。

ちょうどそこへ渡瀬がコーヒーをトレーに載せてやってきた。

「うわ！　美和さん、どうしてっ」

悲鳴に近い声があがった。

渡瀬がトレーを片手に持ち替えて、慌てふためいて写真立てを美和の手から奪う。

しかしときすでに遅し。

「……ええと」

「隠したのに、どうして見つけるんですっ」

「すまん」

美和を部屋へ通す前に隠していたのはその写真だったらしい。

写っていたのは美和だった。服装や雰囲気からして最近のものではない。

「いつのだ、それ」

「……一昨年《おととし》の忘年会の集合写真です」

写真に写っているのは美和ひとりきりである。加工したらしく、美和の上半身部分を切りとって大きく引き伸ばした感じの代物だ。

「なんで隠すんだよ」

美和は渡瀬の手にある写真立てへ視線をむけながら、ぽりぽりと頬をかいた。

「こういうの、あなたは嫌がりそうじゃないですか」

渡瀬は人のせいにしているが、きっと自分が恥ずかしいから隠したのだ。その証拠に顔が真っ赤だ。耳や首まで赤い。動揺した顔を美和から隠すように背をむけて、テーブルへトレーを置く。その背を目で追った美和は、思わず口元を覆った。

「……やべぇ」

渡瀬の耳に届かないくらいちいさな声で呟き、俯く。

――ちくしょう渡瀬。可愛いじゃねーか。

こちらまで照れが感染してしまい、美和も顔を赤らめた。

「あー。おまえの写真ってねぇの？」

「ここにはないです」

「一枚も？」

「ええ。昔のは実家に置いてきたので」

「ふうん。今度持ってきて見せてくれよ」

渡瀬は写真立てで扇いで、顔の火照りを冷まそうとしている。まなじりを赤くしたまま、視線を寄越した。

「いいですけど、その代わり美和さんも見せてください」

「俺の写真なんか見てもしょーがねえだろ」

「……俺の写真についても、そっくりおなじ言葉を返したいですけど」

「おもしろい写真なんかねえぞ」

ひと足先に立ち直った美和はぶっきらぼうに言って、ソファにすわった。

「おもしろさは求めていませんので、お願いします。最近のじゃなく、ちいさい頃のものですよ」

「そりゃ俺も実家だな。見たいってんなら、盆か正月に帰省したときにでも持ってくるけどよ」

「お願いします。一番可愛い頃のベストショットを」

「可愛い頃なんかねぇよ。生まれたてなんかジャガイモみたいな面してるし、歩けるようになった頃にゃ、カメラにむかってクソ生意気そうにガンつけてる写真ばっかだ」

「それ、すごく見たいです」

渡瀬が写真立てを机に置き、となりにすわった。熱いうちにどうぞとコーヒーをすすめたあとで、渡瀬が思いだしたように言う。

「あ。最近の、携帯で撮ったのならちょっとありますけど」

見ますかと問うので頷くと、渡瀬が部屋の隅に置いたバッグから携帯を取りだして持ってきた。肩を寄せあって画面を覗く。

「写真撮らないんで、あんまりないですけど……最近のだから変わり映えなくてつまらないですよ」

「これは」

「テニス仲間です。こいつとは中学の頃からのつきあいですね。撮ったのは今年の正月休みのときかな」

「へえ……」

同世代の青年と肩を組んで笑っている渡瀬が写っている。

自分が知らない場所で、知らない相手と笑顔で過ごしている渡瀬の姿を見るのは新鮮なようであり、しかしそれ以上に胸にもやもやとするものがあった。

深い仲になったばかりで、知らない面があって当然のことだ。渡瀬を独り占めしたいとも思っていない。けれどこんなふうにわだかまりを抱くのは、独占欲なのかもしれない。

落ち着いているようでありながら、内面は熱いものを持っている男だと知った。

年下だからと一歩引いてみせているが、強引で大胆な一面があることも知った。

ほかに、どんな顔を持っているのか。

もっと、この男のことを知りたいという欲求に見舞われた。

「これは両親です」

何枚目かに、五十代ぐらいの夫婦が映しだされた。ふたりとも上品そうで、こちらにむかって穏やかに微笑んでいる。

「似てるな」

「母親似だと言われます」

「どっちかといえば、そうかもな」

渡瀬の面影を感じるふたりを美和は食い入るように見つめた。

「おまえって、ひとりっ子だったよな」

「はい」

「結婚しろとかなんとか、親から言われたりしねーの？」

自分のような男とつきあっていていいのだろうか。ふいに芽生えた不安が、ちくりと胸をつつく。

「そういう美和さんこそ、どうなんです。ご長男でしょう」

「んー。三十ぐらいの頃にはなんやかんや言われたけどな。もう諦めたみたいだ。弟もいるし。といっても弟も独身だけどさ。いまどき独身も珍しくないしな」

親の顔が思い浮かぶ。ここ最近はうるさく言ってこなくなったが、本心ではまだ諦めていないだろうなとは、思う。

といって、それを渡瀬に言う必要はない。

「見合いをすすめられたりしました？」

「おー、したした」

「で？　見合いしたんですか？」

「写真も見ずに断った。俺がすると思うか？」

「親御さんに泣きつかれてほだされてってこともありえるかと」

美和は携帯を渡瀬に返し、笑って手をふった。

「泣かれたら考えたかもな。でもうちの親は口うるさい一方でさ。ああいうのってさ、まわりからうるさく言われると、よけい面倒臭くなるんだよな」

「わかる気がします」

渡瀬の口元が安心したように綻ぶ。

「弟も妹も結婚しねーし、俺の代で美和家は終わりそうだって親に嫌味言われるけどな。んな、歴史に名を残すような家柄でもねぇのに」

美和は軽く笑い飛ばしてから、ソファの背もたれに体重を預けた。

「おまえはまだ若いからな。でもそのうち言われるんじゃねーの?」

「そうかもしれませんね。でも俺の両親にも、諦めてもらうしかないですね」

となりから伸びてきた腕に肩を抱き寄せられて、視線をむければ、渡瀬の瞳が甘く微笑んでいた。

「俺にはあなたがいますから」

ささやかれながら、額にくちづけられる。それからまぶたに、頰に、次々にくちづけが降ってくる。

じゃれつくような、それでいて愛情のこもったキスの雨を受けて、美和は照れながらもされるがままにしていた。もやもやとしていた感情がそれだけで洗い流されていき、幸福感に満たされる。

「映画観るんじゃなかったのかよ」

「観ます。でももうちょっとだけ」

「ん……」

くすくすと笑いながら唇を重ね、軽くふれるだけだったものが深いものへと移行しつつあったとき、美和のシャツのポケットから声がした。

『おお、ようやく性交してくれるのか。待ちくたびれたぞよ』

オヤジである。大きめのポケットにすっぽりと身体が収まり、黙っていてくれたので存在感がなかったのだが、当然美和から離れることはないのである。ポケットの入り口から嬉々とした顔を覗かせていた。

せっかくいい雰囲気になったところを、どうしてこうも見計らったように邪魔してくれるのだろうか。

渡瀬の瞳に殺気が走った。

「妖怪。毎度毎度、いい加減にしてくれないか」

『なんじゃ偉そうに』

「そっちこそ、美和さんや俺の精気を分け与えられて生き延びてるんだろう。だったらすこしは殊勝にしたらどうだ」

オヤジがばかにしたように鼻をほじる。

『おぬしこそわしを敬え。わしのお陰で美和とくっつけたんじゃろうが』

たしかにオヤジの騒動がなければつきあうには至らなかっただろうが、さも協力したのだとばかりに恩着せがましく言うのも筋違いではないだろうか。

渡瀬は弱みをつかれて言葉に詰まったものの、腹立たしさが収まらないようで、剣呑《けんのん》な目つきをしてオヤジをつまみあげた。

『ぎゃ』

「美和さん、これ、どうやったら黙らせられますかね」

「俺が聞きてーよ」

「茹《ゆ》でたらどうなると思います？」

オヤジがすくみあがった。

『なんという人でなしじゃ！　鬼の発想じゃ！　美和、こんな男とは即刻別れたほうが身のためじゃ』

渡瀬が鼻を鳴らして言う。

「鬼も妖怪も仲間みたいなものだろう」

『なんという無知！　なんども言っておるが、わしは妖精じゃぞ！』

「なんでもいいから、茹でられたくないならどこかへ行け」

「おーい。おまえらふたりともー。罵りあっててもしかたねえだろ。映画観ようぜー」

渡瀬とオヤジのいがみあいは、一分後に美和が声を荒らげるまで続いた。

五

——まただ。

翌日の職場で、美和は唇を噛みしめた。

ウィーン……と、モーター音を鳴らして作動する装置は時間が経過するほどに熱を帯び、それに同調するかのように美和の身体も熱く火照っていた。

下腹部がじんじんと疼く。熱く重く血液が滾る感覚。仕事中だというのに、またもや欲情していた。

じつは昨夜、渡瀬に抱いてもらわなかったのである。

連日の情交で身体が疲れていたし、休肝日というものがあるぐらいだから休肛日《きゅうこうび》だって週にいちどぐらいあってもいいと思った。オヤジがあまりにも性交性交とうるさいので、反抗心が湧いたというのもある。そんなわけで渡瀬の誘いを断ったのだが、いまはその判断を後悔している。

先週唐突に発情したときと同様に、仕事が手につかなくなるほど欲望に支配されている。

「なんで……」

精気が足りないわけでもないはずなのに、毎日男に抱かれないといられないだなんて、淫乱になったようで自分の身体が怖くなる。オヤジ妖精に憑かれると、性交に対する常習性が出てくるのだろうか。オヤジは副作用だと言っていたが、信じていていいのか。

このまま性欲に溺《おぼ》れて自分も淫魔になってしまうのだろうかとらちもないことまで考えてしまい、仕事に集中しなくてはと頭を切り替えようと努めるが、欲求は時間とともに強まってきて、いかんともし難くなっていた。

スターラーの撹拌子《かくはんし》をつまむ指がふるえる。人目も憚《はばか》らず下のほうへ手を伸ばしたくなってしまい、こぶしを握ってこらえるが、限界だ。様子がおかしいことを山崎に気づかれるのも時間の問題だろう。

また渡瀬に助けてもらうしかない。覚悟して顔をあげたとき、うしろから渡瀬の声に呼ばれた。

「室長」

ふり返るや否や腕をつかまれ、引き寄せられた。

「今日は防災訓練の打ち合わせがあるって話でしたよね」

「へ？　んな話は——」

「俺もつきあえってことでしたけど、そろそろ時間ですよね」

「え？　あ？」

「大豆生田さん、しばらく留守にします」

行きましょうと腕を引かれて、あれよと言うまに廊下へ連れだされた。

「防災訓練の打ち合わせというのは、口実です」

「なんで」

「あなたを連れだすためです。また、先週とおなじように、影響が出てるんでしょう?」

「……気づいたか」

廊下に出ても歩みを止めずに進む渡瀬に横目で見おろされ、美和は顔をしかめた。

「わりぃ。昨日、しておくべきだった。迷惑かけてすまん」

「あなたのせいじゃないし迷惑とも思ってませんから、謝らないでください」

声をひそめて喋りながら歩いていく。

また医務室でだいじょうぶだろうかと一抹の不安を覚えながら到着した。渡瀬がその扉を開けかけたが、足を踏み入れる前にそっと扉を閉めてしまう。

「どうした」

「人がいます。具合の悪い方がいるようです」

珍しく医務室利用者がおり、ベッドが塞《ふさ》がっているらしい。

「どうしましょうか……人が来そうにない場所……」

渡瀬が難しい顔をする。

「会議室は使用中……器材室……いっそ駐車場の美和さんの車とか」

「車はだめだろ」

外は防犯カメラがある。警備員も巡回している。打ち合わせと言った手前ふたりで早退するわけにもいかない。

困った。頭を悩ませていると、渡瀬が思いついたように提案した。

「シャシー部屋があいてますね。今日、第五研究室は全員でどこかへ見学会に行ってるんですよね」

渡瀬が言っているのは車のエンジンなどが置いてある実験室のことで、普段そこを使っているのは主に第五研究室だけだったのだが、第五の面々は今週留守にしている。

「人が来る確率は、医務室よりはずっとすくないと思います。警備員も夕方まで巡回に来ませんし」

「……実験室か」

実験室でそういう行為をするのは抵抗があったが、ばれる危険を冒すよりはましだろうか。思い悩んでいるうちに渡瀬が研究室へ戻って鍵を取ってきた。それから実験室のある別棟に流されるように連れられて、中へ入る。

室内はシャシダイナモメータの制御システムや分析計があり、雰囲気的には車の整備所に近い。壁際には各メーカーのエンジン類がずらりと並んでおり、中央にはセダン車が一台置いてある。

渡瀬は入り口に鍵をかけると、外からの搬入口となっているもうひとつの扉にも内鍵がかかっていることを確認し、美和の手を引いて車の後部座席へ乗り込んだ。

美和も乗り込むと、胸の膨らみを見て思いだし、オヤジを内ポケットから出してやった。

『うほほ。わしの食事の時間じゃの』

「おい、オヤジ」

嬉しそうな顔をするオヤジをすぐには解放せず、美和は目線をおなじくして言う。

「いいか。俺たちにしてほしけりゃ、邪魔すんなよ。喧嘩《けんか》しながらセックスなんて、俺はできねぇんだ」

『うむ。肝に銘ずる。わしのことは気にせず、思う存分するがよい』

昨日、美和が性交を拒否したのは自分が騒ぎすぎたせいでもあると反省したようで、オヤジは素直に頷いて、運転席のほうへ飛んでいった。

それを見送ると、となりにいる男の気配を強く意識した。

薄暗い密室。

これからこの男と抱きあうのだと意識しただけで腰が落ち着かなくなる。

「美和さん。下、脱いでください」

「……全部脱がないと、だめか？」

「狭いですから」

職場で無防備になるのはどうしてもためらいが生じるが、ここまできたら早く済ませてしまったほうがいいと気持ちが傾いた。覚悟が決まったら堰《せき》を切ったように欲望が溢れだし、美和は我慢できずに自らベルトをはずしはじめる。

そのとなりで渡瀬もベルトをはずす。それからポケットからワセリンを取りだして、指で掬《すく》っていた。

「……準備いいな」

「こうなることは見越してましたから」

艶っぽい視線を送られ、美和は耳を赤くして言葉に詰まる。

靴を脱ぎ、ズボンと下着を脱ぐと、下肢に直接外気がふれ、不安と興奮が膨張する。心臓の鼓動が速まり、息苦しさに大きく息を吐きだした。

それにしても、車の後部座席は狭い。ふたりで横になってするのは窮屈そうだ。情事の際はいつでも渡瀬がリードしてくれるのだが、今回はどうするつもりでいるのだろうか。

「どう、する」

「上に跨《また》がってくれますか」

渡瀬の腕が腰に添えられ、促すように引き寄せられる。

座席に浅くすわる渡瀬の上におずおずと跨ると、尻を両手で撫でられた。そして入り口に濡れた指がふれてくる。

「ん……っ」

身体の位置を定める前に指が中に侵入してきて、美和は目の前にある男の首に腕をまわしてしがみついた。

息を吸い込むと、渡瀬の首元から発散される雄の香りも胸いっぱいに取り込んでしまい、頭がくらりとするほど興奮させられる。

「……、は……っ」

二本目の指が入ってきて、入り口を広げるように指を開かれる。ぐるりと指をひねるようにまわされて、そのままねじ込むように中へ入ってきたと思ったら、また引きだされて、入り口を開く。

いいところはちょっとふれるだけで、快感が生まれる前に離れていってしまう。辛抱強く待っていてもそればかりをくり返されて、じれったさに腰が揺れた。

「おま……こんなときに、焦《じ》らす……な……っ」

「焦らしてるつもりじゃないんですけど」

「うそ、つけ……っ、……早く……」

「でも、医務室のときよりは時間がありますよ。打ち合わせをしていることになっていますから、逆に早く戻るほうがおかしいでしょう」

ここならば人に見られる危険がないと判断したらしい渡瀬は、楽しむ余裕があるらしい。

こんなときのこの男の豪胆さには、いつも困る。

美和としては職場で部下に奉仕させるなど背徳行為以外のなにものでもない。こんな場所では医務室以上にごまかしがきかず、万が一誰かがやってきたらとそればかりが頭を占める。

「いつもより興奮します？　……こういうの、好きですか？」

煽るようにささやかれて、かっとする。

「ばか……、っ、オヤジの、ぁ……、影響だ……っ」

興奮しているのは事実だったが、それはあくまでもオヤジの影響のはずである。こんなシチュエーションだからというわけでは断じてない……はずだ。

たぶん……きっと……そう信じたい。

「……くそ……っ」

ただでさえほしくてたまらないのに、欲望を上乗せするように煽られ、焦らされ、我慢のきかなくなった美和は互いの身体のあいだに片手を差し込み、渡瀬の中心を探った。下着の中に手を滑り込ませ、形を変えつつあるそれに直接ふれて、撫でるように手を上下させる。するとそこはまたたくまに熱を帯びて硬くなり、下着に収まり切らないほどに大きく成長した。

「……っ」

煽りを受けて、美和の入り口を穿《うが》つ指が奥まで入ってきた。いいところを強く刺激するように抜き差しされて、持て余していた熱が快感に変わる瞬間、美和は恍惚《こうこつ》として声をあげた。

「あ……、そこ……っ、……っ」

喉が鳴る。互いの呼吸が荒くなる。身体が発する熱で、車内の温度が上昇する。

渡瀬の猛りは美和の手には余るほど太く大きくなり、まもなくこれをうしろに受け入れるのだと思うと、指を受け入れているそこが熱く疼き、ひくついた。もっと激しくこすってほしくて、指の動きにあわせて自ら腰を上下に律動させて、恋人の見ている前で痴態を演じる。

「は……あ……、あっ！」

快感が膨らみだして、指だけの刺激に身体を熱くしていたところ、唐突にうしろから指が引き抜かれた。

「美和さん……自分で、挿れてみてください」

渡瀬に耳朶《じだ》を舐められながら、ねだられる。

「え……？」

快感に夢中になっていた美和は言われた言葉をすぐに理解できず、ぼんやりと相手の瞳を見つめ返した。

「俺の、持ってるでしょう。それの上に来て」

渡瀬が腰の位置をずらして、挿入しやすい体位をとる。そこでようやく、なにを促されているのか理解した。

もうなんども身体を重ねているが、いつも受け身で、自分から挿入したことはなかった。はじめての行為を、それもこんな場所ですることにとまどいが生じるが、早く受け入れたい欲求に目が眩《くら》み、手にしている硬く猛ったものを入り口にあてがった。

しかしそのままではうまく入りそうになく、美和はもう一方の手を背中へまわして、入り口の辺りに這わせた。渡瀬の愛撫《あいぶ》で綻んだそこはワセリンで濡れていて、自分の指も飲み込もうとするほどひくひく収縮している。

「う……」

尻の肉を引っ張って入り口を開かせ、そこに渡瀬の先端を当てる。

そろりと腰を落とすと、くちゅ、と音がして、渡瀬の先端を入り口が飲み込んだ。

中の粘膜が急《せ》かすように蠕動するが、身体を開かれる圧迫感がすごくていっきに頬張ることはできず、呼吸にあわせてすこしずつ腰を落としていく。

苦しさに眉を寄せ、口を半開きにし、熱い吐息を漏らす。しかし潤んだ瞳と上気した頬が苦しさを上まわる快感を得ていることを示している。

そんないやらしい顔を、真正面から見られている。

嫌だ嫌だと言いながら、けっきょく自ら受け入れているさまを見られている。

「見……んな、……よ……っ」

羞恥が身体を熱くさせる。

「……すごく、いい顔してますよ」

渡瀬の両手が、いやらしい動きで美和の尻を撫でる。

「俺の、挿れてるだけで、そんなに気持ちいい……？」

「……るせ……」

そのとおりだった。挿れているだけで気持ちがいい。尻を撫でていた渡瀬の指に、たわむれのように結合部をいじられる。敏感な入り口を人差し指でゆっくりとなぞられて、めいっぱい広がっていることを知らされると、ぞくぞくとした快感がそこから生まれて締めつけてしまう。そのせいで、なかなか奥までたどり着けない。

「く……は……」

挿入している最中も渡瀬の猛りに手を添えているのだが、怒張して表面に浮きでている血管の感触が、卑猥《ひわい》なほどに指先に伝わってくる。美和の身体の中にずず、と嵌《は》まり込むごとに、根元が硬く滾ってくる。

やがてすべてを体内に納めて、渡瀬の脚の上に腰をおろした。

「美和さん……気持ちい……」

渡瀬の欲情にかすれた声が耳に届く。粘膜が淫猥に蠢き、渡瀬のそれにねっとりと吸いついているのが自分でもわかった。

「は……」

大きさに身体が馴染《なじ》むまでひと呼吸置きたかったが、快感がせりあがってきてたまらず、美和は自ら身体を上下させた。

「ぁ……っ、は……」

自分のペースで熱い猛りを出し入れしてみると、いつもとは異なる甘い痺れが背筋を突き抜けた。それに続きを促されて、もっと大きく動こうとしたが、足場が不安定でうまく動けない。それを見た渡瀬が腰を支えた。

「動けない？」

「ん……難し……」

答えると、いきなり下から突きあげが来た。

「んあっ」

腰をつかまれて、たて続けに揺すぶられる。身体のバランスを崩しそうになって渡瀬の首に縋《すが》りつき、下からの突きあげに耐えた。

「ん、あっ……ま……、て……っ！」

粘膜をこすられる快感が嵐《あらし》のような激しさで身の内ではじけ、理性が飛びかける。

車内のため、廊下の雑音は耳に届かなかった。こちらも多少ならば声を漏らしても問題なさそうだと思っていたが、こうも攻められては、廊下に聞こえるほどの嬌声をあげてしまう

かもしれない。

「っ、……んっ、だ……めだ……っ」

「なんです？」

「声、が……っ」

「だいじょうぶですよ」

渡瀬が息を乱しながら、家でするときとおなじような調子で奥深くまで鋭く貫いてくるから、そのたびに強い快感が腰から迸《ほとばし》り、瀬戸際のところで抑えていた嬌声が唇から漏れてしまう。

「あ、あっ！」

内部がぐずぐずに溶けるほどなんども突かれ、かきまわされて、快楽の渦の中に巻き込まれると、もう、高みにのぼることしか考えられなくなった。

「気持ちいい……？」

腰が、脳髄が、甘く痺れた。

「い、い……っ、あ……っ！」

中を出入りする渡瀬を無意識に締めつけて、より深い愉悦を引き出そうとすれば、突きあげが激しくなり、自分も腰をくねらせて貪欲《どんよく》に受け入れる。

下腹部に集中した血が滾り、沸騰する。いっきに高みまでのぼり詰め、美和は己の中心に手を伸ばした。

「渡瀬……、達、く……っ」

「俺も……」

腰を深々と引き落とされた。渡瀬のものが内部で爆《は》ぜ、奥にいきおいよく注がれる。その刺激で美和も熱を放つ。

「――っ、は、ぁ……っ」

ガクガクと身体をふるわせて絶頂を味わう、そのさなか。

ガチャリ、と。部屋の扉の鍵を開ける音が響いた。

「っ‼」

熱い身体が一瞬にして凍りつく。

渡瀬と視線がかちあう。

どうする。

とにかく身体を離そうと美和は動きだしかけたが、渡瀬に抱き込まれて動きを封じられた。

そのまま美和の身体を隠そうとするように渡瀬が覆いかぶさってきて、座席に身を伏せる。

「うわ」

いきおい余って座席からすべり落ち、ふたりして足元の空間にはさまったところで扉が開く音がした。

続けて人が入ってくる気配。

心拍数があがる。

手に汗が滲む。

きつく抱きしめてくる渡瀬の上着をぎゅっとつかんで、息を殺して外の様子を窺っていると、やがて声が聞こえてきた。

「話というのは」

その声は部下の天方《あまかた》のものだった。

「美和室長のことですよ」

返されたのは、篠澤の声。

「最近の彼はちょっとちがうと、第一の皆さんも感じていらっしゃるでしょう？」

「ええ、まあ……」

「胸のふくらみの真相も、知りたくはないですか」

「……やっぱり、篠澤室長はなにかご存じなんですか」

「多少は。それで、秘密をつきとめたくてね。ご協力いただきたいと思うのですけれど」

天方の返事があるまで、まがあいた。

「というと……、篠澤室長の仕業ではないんですか？」

ちがいます、と篠澤が答える。それからまた沈黙が続く。

「それで、協力といいますと……」

「簡単なことです。美和室長の匂いのサンプルをとっていただくだけです」

「匂い？」

当惑する天方に、篠澤の自信に溢れる声が答える。

「様子を観察していると、彼に近づくと誰もがおかしくなっているでしょう。体臭から特殊な成分のフェロモンが分泌されているのかもしれません。それが解明されたら、世紀の大発見、驚異的な発明につながるかもしれません」

「う……しかし」

「新薬開発、難病治療。災害救助に化学兵器。可能性ははてしなく広がっているのです。悩むことはありません。すべては会社の発展と人類の未来のためですよ」

「ですが……、ですが、御頭を騙《だま》すようなことはできません……！」

失礼しますっ、と天方が叫ぶように言って、ばたばたと走り去る音がした。

扉が閉まる音。

それからひと呼吸置いて、ひたひたと歩く音がして、もういちど扉が閉まり、施錠の鈍い金属音が響いた。

篠澤も帰ったらしい。室内にふたたび静寂が訪れる。

渡瀬がそっと頭をあげて、扉のほうを窺った。

「行きましたね……」

身体を起こした渡瀬に引きあげられて、美和も起きあがった。

「なんだ、いまのありゃ」

「篠澤さんと、天方さんでしたね」

「篠澤のやつ、あほなこと言ってたな」

天方は二十九歳のおとなしい青年である。見るからに従順そうなので、頼みを聞き入れてくれそうだと篠澤に目をつけられたのか。

「これからはいっそう身辺に気をつけないといけませんね」

「おう。なにされるかわかったもんじゃねえ」

身支度を整えると、美和は座席にぐったりともたれた。

「はあ。しかし焦ったな」

妙な話を耳にしてしまったが、いまはそのことよりも、極度の緊張からの解放感で放心しかけている。

「だいじょうぶですか」

「おお。心臓が止まるかと思った」

みつからなくてよかった。とにかくそれに尽きる。

美和は大きく息をついて、背もたれに頭を預けた。

六

雨もなく春のうららかな陽気が続き、その週は近隣の桜がいっせいに開花して見頃となった。

研究所から歩いて行ける場所に桜の名所となっている公園があり、この時季は第一研究員の皆で花見に行くのが毎年の恒例となっている。仕事を終えると団体になってぞろぞろとそちらへむかった。

「週の後半辺りに雨が降るって話っすよね。週末は散っちゃうかなあ」

「かもな。花見、今日にして正解だったな」

公園の入り口までの沿道には屋台が並び、頭上には桜並木が続く。

となりを歩く山崎に返事をしながら桜を見あげ、それから前方の空へ目をむけると、黄味がかって鈍い光を放つ、うそのように大きな満月が地上のビルから離れたところだった。

「今日の月はすごい色だな」

「うわ、でかいっすね」

山崎の感嘆の声に、うしろを歩く大豆生田が水をさす。

「月がでかいわけがないだろう。周辺の建物との比較でそう見えるだけで、あと数センチも地上から離れたら、いつもどおりの大きさに見える」

「わかってるよそれぐらい。御頭みたいなこと言うなあ。風情を解さないやつはこれだから」

「ちょっと待て山崎。なんで俺を絡める」

聞き捨てならんと美和がつっこむと、山崎はあははと笑ってごまかし、

「一種の愛情表現っす。あ、たこ焼きうまそうっすね。買ってきます」

と言って逃げた。

公園の中は花見客で賑《にぎ》わっており、酔っ払って騒いでいる者もいる。見まわすと研究所のほかの部署の連中もいて、盛りあがっているようだった。

あらかじめ確保していた場所へ着き、ブルーシートに美和が腰をおろすと、そのとなりに渡瀬がすわった。ふたりの関係がばれないためには離れたほうがいいのだろうが、部下たちが隙あらばセクハラしてくるようになってしまった現状では、そばにいてもらえると助かる。

「んじゃ、お疲れさん。明日の防災訓練もがんばるぞってことで、乾杯」

持参した仕出しの料理を広げ、ビールを飲みはじめていると、たこ焼きを両手に持った山崎が子犬のように嬉しそうに走ってきた。

たこ焼きの容器に蓋《ふた》はなく、あんなにぴょんぴょん跳ねていたら落とすんじゃないかと心

配して見ていたら、案の定、美和たちの前まで来たところで派手にすっ転び、たこ焼きを地面にばら撒《ま》いてしまった。

あーあ、というため息が一同から漏れる。

「う……、ふぇ」

山崎はショックのあまり、泥だらけになったたこ焼きを手にとって半べそをかいている。

「バーロー、たこ焼きごときで泣くんじゃねぇよ」

しかたねぇなあと美和は立ちあがり、転がったたこ焼きの回収を手伝った。

「せっかく買ったのに。一パック六百円もしたんすよ……」

「洗えば食えるだろ」

「御頭……。たこ焼きを洗うのはどうかと……。きっとおいしくなくなります」

山崎があまりにもしょげた声を出すので、美和は財布から千円札を数枚出して渡してやった。

「おらよ。これで買ってこい。みんなのぶんもな」

山崎の潤んだ瞳の中に星がまたたいた。夢見る乙女のように見つめられる。

「いいんすか……?」

「今度は袋に入れてもらえよ」

「はいっ」

山崎が元気に立ちあがり、露店のほうへ駆けていく。渡瀬が大型犬ならば、山崎は小型犬といったところか。昔近所の家で飼っていた柴犬を思いだす。

「ったく、子供みたいなやつだな」

呆れながら渡瀬のとなりに戻った。

「山崎は食い意地張ってますからね。飴玉《あめ》一個でも誘拐できるかも」

「いまの山崎さんにとっては、御頭は神レベルですよ」

「でも三日も経てば忘れてるんだぜ」

一同が口々に言い、しばらくは山崎の話題で場が盛りあがる。

仲間たちとざっくばらんな会話をしながら外で飲む解放感に身をゆだね、ややもすると、背中を引っ張られるような感覚があった。

「——ん？」

背後を見てみるが、誰もいない。それなのに、引かれる感覚は続いている。身体の一部分ではなく、全体的に引っ張られている感じだ。

なんだかよくわからないが、不可解な事象が起きたら真っ先に疑うものは決まっている。

鞄に目をむけると口が開いていた。まさかと中を覗いてみたら、詰め込んだはずのオヤジの姿が消えている。

オヤジは宿主からあまり離れられないはずだった。ということは、オヤジが遠ざかっているせいで美和の身体がそれに引っ張られているということかもしれない。出てくるなと言っておいたのに、勝手にどこへ行ったのか。おおかた、好みの男でもみつけたのだろうけれど。

チッと舌打ちしたら、渡瀬が尋ねてきた。

「どうしました」

「あれがいない」

放っておくわけにもいくまい。

美和はほかの者には「手ぇ洗ってくる」と言い置いて探しにむかった。

「ったく、どこほっつき歩いてんだか……」

引っ張られる方角へ歩きながら辺りを見まわすが、地上を歩いている可能性もあれば宙に浮かんでいる可能性もあり、探す範囲が広すぎてひと苦労である。夜とはいえ提燈《ちょうちん》や外灯の明かりで見やすいが、それもまた、誰かにあの姿を目撃されやすくもある。騒ぎにならないうちに捕まえないといけない。

引く力には強弱があって、方向も一定ではない。どうもふらふら動いているらしい。

はじめのうちは、なにをやってるんだと苛立ちながら探していた。だが、なかなかみつからず、そのうち、もしや誰かの手に捕まったのではないかという心配に変わっていった。オヤジは身勝手だが、だからこそ、好みの男がいたなら美和を連れていくはずだ。単独行動はできない。

他部署の研究所員も花見に来ているが、まさかその中に篠澤がいたのだろうかと不安がよぎる。

篠澤でなくても、あんな奇妙な小人がふらついているのを見たら捕まえる人はいるだろう。

「だいじょうぶかよ……」

引力の導きのままに歩いていると、花見客の賑わいからは遠ざかった、薄暗い茂みばかりの辺りにやってきた。

すると。

『み〜わ〜……』

前方から、萎《しな》びた声がかすかに聞こえてきた。

『み〜わ〜……』

足を進めると、よりはっきりと聞こえた。哀愁漂うオヤジの声。上空よりも地面に近いところから聞こえる。

「オヤジー、どこだー」

呼びかけ、足元に目を落としながら進んでいくと、ツツジの木陰で、茶色っぽい猫がねずみを咥《くわ》えてすわっているのをみつけた。

いや。よくよく見れば、咥えられているのはねずみではなくオヤジだ。蒼白《そうはく》な顔をして涙

と鼻水を垂らしている。

「オヤジっ——あ、待て！」

駆けてくる美和を見て、猫がすかさず逃げる。薄暗い茂みの中での競争など美和に勝ち目はないと思われたが、猫がジャンプした拍子にオヤジを落とした。

『あうっ』

地面に落ちたオヤジはバウンドしながら転がり、止まったところで美和の胸に飛びついてきた。

『み、美和っ』

「怪我《けが》はしてねーか」

しがみつき、美和のシャツで鼻水を拭《ふ》いているオヤジの身体を点検する。あちこちすり傷ができていたが出血するほどではない。

『どうなることかと思ったぞよ』

「勝手に出ていくからだろうが。ったく、心配させるなよ」

『すまぬ』

やれやれとため息をついて帰ろうとしたところ、今度はべつの声が茂みのむこうから聞こえてきた。

「美和さん？」

見れば、そこにいたのは総務のつわもの、星だった。ビニール袋を両手に下げて、ふしぎそうに首をかしげている。

「こんなところでなにをしてるんですか」

「おまえこそ」

「私は酒が足りなくなったので買ってきたところですけど」

慌ててオヤジを懐へしまおうとするが、それより先に星が近づいてきて真正面に立つ。

「近道して戻ろうとしたら美和さんの姿が見えて。なんですか、それ」

「いやなに……、総務も花見に来てたのか」

「ええ。盛りあがってますよ。それで、それは?」

星の視線に釣られて手の中を見おろすと、オヤジはバレリーナのような奇妙なポーズをして硬直していた。人形のふりをしているらしい。

「これはだな。死んだ祖母の形見の人形だ」

「…………」

「呪《のろ》いがかけられていて、供養しないといけないんだ。関わったやつに影響があるといけないから、あまり見せたくなくて」

「…………」

「こないだ篠澤にも訊かれたけど——」

反応が返ってこないのは疑われているからだと思い、俯きながら必死に言い訳をしていると、星が一歩、距離を縮めてきた。

さらに一歩。

ぶつかりそうなほどの近い距離に怪訝に思って顔をあげ、うしろに退こうとしたのと、星がビールの入った袋を地面に落としたのはほぼ同時だった。

肩を引き寄せられ、がばっと抱きしめられた。

「美和さんっ！」

「うおっ？」

「この匂い……、おいしそうです……っ」

チタンフレームの眼鏡《めがね》の奥にある瞳は完全に酔っ払いのものだった。酒臭い口を近づけられ、顔を背ける。

「俺は食い物じゃねえ！」

身体を離そうとするが、星の力は意外と強い。あらがっているうちに首に唇を寄せられ、そこを吸われた。

「やめろ、食うなっ。正気に戻れっ」

以前星に襲われた記憶がよみがえる。ふたりきりという状況で、どうして油断していられたのだろう。オヤジに気をとられていたせいか。ともかくこれは遠慮していたらまずいことになる。

「離せって！」

美和はがむしゃらに突き飛ばし、明るいほうへ走った。

賑やかな人ごみの中へ戻ると、前方に渡瀬が歩いているのが見えた。むこうもこちらに気づき、駆け寄ってくる。

「みつかりましたか」

「ああ」

人の中だというのに、オヤジを手に握ったままだった。息を整えながらジャケットのポケットに入れる。

「なにがあったんです」

「猫に攫《さら》われてた」

「なぜ、そんなに息を切らしているんです」

「え、ああ……猫と追いかけっこしたからな」

星に襲われかけたことは黙っていようとしたのだが、渡瀬が首筋に目をとめた。

「それは？」

「ん？」

星に吸われた場所を指さされる。

「鬱血《うっけつ》してますけど」

「え、まじか」

『それは眼鏡の男の仕業じゃ。美和がホシと呼ぶ男じゃの』

美和の代わりに懐からオヤジが答えた。

「ばか、オヤジ……っ」

いらないところばかりでよけいなまねをしてくれるものである。お陰で渡瀬の目が据わってしまったではないか。

「星さんですか」

「あー……」

「いま?」

「……ああ。そこで会ってな」

居心地《いごこち》悪く答えると、渡瀬に腕をつかまれ、人けのないほうへ連れていかれた。

「おい」

管理所の裏手の人目の届かない場所まで来ると渡瀬が立ちどまり、美和の両肩をつかんで視線をあわせるように身を屈める。

「ほかにはなにをされました」

「これだけだ」

「本当に？　居酒屋で襲われたときみたいに、されてないですね？」

「身体の自由を奪われたわけじゃねーし、すぐに逃げてきた。あいつももう我に返ってると思う」

渡瀬の視線が美和の身体へ移る。ボタンははずれていないか、ベルトは緩んでいないか、細かく点検するように観察されて、ひととおり不審な点がないと確認されると、精悍《せいかん》な顔が近づいてきて、首筋に埋もれた。

「っ」

星に吸われた場所を渡瀬にも吸われ、軽い痛みが走る。

「……そんな目立つ場所、どうやって隠しゃいいんだよ」

文句は星に言うべきだろうが、ついそんな愚痴をこぼすと、渡瀬が首から唇を離し、強く抱きしめてきた。

「ああ、もう……っ」

抑えていた憤懣《ふんまん》を爆発させるように、渡瀬が声を荒らげる。

「お願いですから、簡単に人にさわらせないでください。俺以外の男に、こんな……キスマークなんか……つけさせないでください」

「俺だってさわらせたいわけじゃない」

「だったら、そんなに色気垂れ流しで、ひとりで行動しないでください。俺も同伴しやすい理由をつけてから動いてください」

肩をつかむ手に痛いほどに力が込められ、渡瀬の苛立ちが伝わる。

「妖怪の影響だってわかってますけど……、それでも、ムカムカしすぎて星さんを殴りたいぐらいです……ああ、クソ」

渡瀬が珍しく乱暴な言葉を吐き、昂ぶった気持ちを静めるように深く息をついている。

「……すまん」

美和は己の貞操について軽く考えているふしがある。もちろん襲われるのはごめんだが、万が一強姦《ごうかん》されたとしてもしょせん自分は男だし、犬に嚙まれたとでも思えばいい、と。そんな気持ちが根底にあるのでついつい軽率な行動をとってしまいがちだが、渡瀬に心配をかけるつもりはなかった。

考えなしに行動してしまったかもしれないと思い、美和は素直に反省した。

「悪い。これからは気をつける。だから、ちと離せ。こんなところで抱きつくな」

「抱きつかれたくなかったら、約束してください。ひとりで行動しないって」

「わかった。約束する」

抱きあっているのを知りあいに目撃されたら困るので、いい加減離せと胸を押し返そうとしたが、渡瀬は離してくれない。

「ほかの男と行動するのもだめですよ。それから、もう二度と誰かに痕《あと》なんかつけさせないでください。この身体にさわらせないでください」

「気をつけるって」

「気をつけるじゃなくて、約束してください」

「不可抗力は約束できねぇよ。できる限り避けるよう努力するとしか言えねぇ」

渡瀬がちょっと黙って、ぼそりと返してきた。

「では、万が一ふれさせたら、お仕置きさせてもらうことにします」

「おまえね」

呆れた声を出したら、渋々といった感じで身体を解放された。

感情をこらえるような、辛そうな顔で見おろされる。

「俺の気持ち、やっぱりちゃんと伝わってない気がします」

「そんなことはねえと思うけど……」

渡瀬の、ひそめられた眉の下の瞳は苛立ちや悋気《りんき》のためにすこしだけ疲れた色が滲んでいて色っぽい。

「本当に、気をつけてください」

「ああ」

「お願いしますよ」

宴会の場へ足を運びはじめてから、渡瀬が低い声で告げてきた。

「宴会は早めにお開きにしてください。家に帰ったら、……わかってますね」

「なにがだよ」

とぼけてみたが、早く家に帰って抱きたいと言われているのはわかっていた。お仕置きと称して、なんども熱く貫かれるのだろうか。

帰宅後のことを想像したら、じんわりと身体の熱があがりそうだった。


渡瀬が浴室を使っているあいだ、先に入浴を終えた美和が郵便物をチェックしていると、電話が鳴った。

出ると、田舎《いなか》の母親からだった。

『もしもし、孝博。元気?』

「ああ。なに」

『なにじゃないわよ。愛想がないったら。ご無沙汰《ぶさた》して悪いね、お母さんのほうはどう?身体が弱いから心配だよ、ぐらい言いなさいよ』

「どこの誰が身体弱いんだよ。元気なんだろ?」

電話口のむこうから、明るい笑い声が届く。

『元気よ。皆もね。ところであなた、次、いつ帰ってこられる?』

「いつもどおり、お盆の辺りに帰るつもりだけど」

『そう。わかったわ』

「なんで」

滅多に電話をかけてこない母親が浮かれた調子で帰省の確認をしてくるということは、なにかあったのだろう。尋ねると、ふふふ、と少女のような笑いが返ってきた。

『じつはね、今日、沙織《さおり》が彼氏を連れてきたのよ。来年にも結婚を考えてるんですって』

「へえ……」

沙織というのは美和の妹である。美和同様に仕事が生きがいで男っ気がなく、結婚とは無縁のタイプだと思っていたから意表をつかれた。当人たちにとっては自然のなりゆきでも、なにも話を聞かされていない身内からすると、ひどく唐突に感じられるものだ。

『びっくりした?』

「そりゃあ。あいつがねぇ……」

受話器のむこうで、母親の含み笑いが聞こえる。

『そんなわけなのよ。だからね、結婚前にあなたも顔をあわせる機会を作らないと』

相手の男性はとっても感じのいい方でさすが私の娘ねぇいい人見つけたわぁなどと流れるように滔々《とうとう》と喋る母に、へえ、とか、ほお、とか、適当に相づちを打ってやりながら耳を傾ける。

『じゃあ、ごあいさつの日取りはお盆の辺りで、こっちで決めちゃっていいわね』

「ああ。決まったら連絡してくれ。あ、それから沙織におめでとうって伝えといて」

『わかったわ。あなたも早くいい人を紹介してちょうだい』

長話をして満足した母は、最後に釘《くぎ》を刺すことを忘れずに、話を終えた。

「……それは、いい加減諦めるべきかと」

『なんでよお』

「興味ないから」

うしろめたい気持ちを抱えながら、そんな言葉を返す。

男とつきあってますとは、とても言えなかった。

受話器を置くと、渡瀬が風呂《ふろ》からあがっていた。誰からだったのだろうと窺う視線を受けて、美和は肩をすくめてみせる。

「母親からだった。妹が結婚するみたいだ」

「それは、おめでとうございます」

「おう」

「お母様もお喜びでしたでしょう」

顔を輝かせ、自分のことのように喜んでくれる恋人に、美和はあいまいな微笑で応《こた》えた。

親に紹介することもできない関係なのだと思うと、渡瀬にも、罪悪感を覚えてしまう。

「どうしました」

美和の表情に、渡瀬が首をかしげた。

「なにか、問題でも？」

「いや」

いまの自分は、渡瀬を知る以前の自分とは深い溝を隔てた場所に立っている。妹の吉報にそのことを改めて思い知らされ、浮かれるどころか胸の中にある暗い感情をかきたてられた。

だからといって引き返したくはない。

そばに来た渡瀬の肩に、そっと頭を預けた。

「美和さん？」

男同士だなんて、まっとうなことじゃない。

わかっていながら、それでも渡瀬を選んだ。

――この男がいいのだ。

男の大きな手のひらが、背を撫でる。その感触が胸に沁《し》みた。

以前、渡瀬は就職してからは男は抱いていないと言っていた。ということはその前は抱いたことがあるのだろう。男とつきあうことに関して、どう考えているのか尋ねてみたい気がした。だがそこに深くつっこむと、渡瀬の過去の恋人についても話がおよぶかもしれず、気軽に話せることではない。

どんな男とつきあってきたのか。耳にしてしまったら過去の相手に嫉妬《しっと》してしまいそうで、いままで訊いたことはないし、これからも訊くつもりはない。

いずれにせよタイミングというものがあるだろう。渡瀬の恋愛観を聞くのはいまでなくていい。軽い気持ちで自分とつきあっているわけではないことぐらいは、じゅうぶんわかっている。

渡瀬はしばらく黙って美和の様子を窺っていたが、やがて低い声でささやいた。

「……ベッド、行きましょうか」

花見でのこともあり、その夜の渡瀬は激しくて、美和もいつも以上に熱く応えた。

七

ＡＲ石油研究所では毎年春秋の二回、防災訓練をおこなう。

なにを隠そうこの訓練、毎年、新入所員をドン引きさせることで有名な訓練だったりする。後日の検証のためにビデオカメラで撮影したり、セリフの台本があったりするのだが、それぐらいならば、まだ理屈はわかる。尋常でないのは、所員たちの熱の入りようである。

出火元は毎回変わり、八つある研究室で持ちまわり制となっているのだが、後日、「今回の研究室は手際が悪かった。やる気がみられない」などと批評されるので、各研究室の対抗心から年々気合が入ったものになっている。

この春の出火元は、第一研究室だった。

今日が、その日である。

「やろーども。ついにこの日がやってきたな」

美和は腰に手を当て、やくざのような睨みをきかせて室内に居並ぶ面々を見まわした。部下たちはこれから闘争へむかうやくざの舎弟のような真剣な眼差しで美和を見返す。

「もうすぐカメラ担当の星がやってくる。開始は十時二十八分だ。準備はできてるか」

一同が声を揃えて「はいっ」と叫ぶ。

「負傷者役、天方。救護係、山崎。動きは頭に叩き込んだか」

「はいっ」

「よし。本番は一回きりだ。しくじるなよ。俺たち第一の実力を知らしめるぞ！」

うおおっと男たちが雄たけびをあげた。

「御頭」

皆が持ち場に移動しだしてから、大豆生田が台本に目を落としながらやってきた。

「渡瀬くんのセリフがないんですけど、なにか言ってもらったほうがよくないですか」

「そうか？」

「セリフがある役は、アップで撮ってもらえるでしょう。それで女性の評価をあげるという手もありかと」

渡瀬の人気を利用しようという提案である。

ちなみに台本の作成は総務部で、配役をしたのは美和である。

「んー。そうだな……。演技力ないって言うから、はずしたんだが」

美和も台本を見はじめると、皆のうしろのほうにいた渡瀬が控えめに言う。

「俺、ほんとに演技力ないですから、ちょっと……」

「んじゃ渡瀬。おまえ、大豆生田といっしょに『火事だ』って叫ぶ役やってくれ。それぐらいならいいだろ」

「……はあ」

メンバーの中で唯一、がんばる方向性がずれていると感じている渡瀬はいまいち乗りきれていなかったが、美和に命じられて断れるわけもなく、大豆生田の元へ確認に行く。

「カメラの位置はこの辺りのはずだから、渡瀬くんはここに立つとちょうどいいアングルになるはずだ」

「はい」

それぞれが最終打ち合わせをしていると研究室の扉が開き、カメラを持った星がやってきた。そのうしろに時間計測係であろう総務の青年がいる。

「皆さん、準備は万全のようですね」

星が眼鏡のフレームを直しながら、美和のそばに来る。

昨日のことが頭をかすめ、美和は警戒して身をこわばらせた。離れた場所で、渡瀬がレーザー光線でも発していそうな眼差しで星を睨みつけている。

「美和さん……あれ、ええと……」

星はなにか話そうとしたようだが、美和の顔を見ると眉を寄せて注視してきた。

「なんだよ」

「……、いえ。なにか引っかかっているのですが……なんでしたっけ」

「……昨日の花見のことか？」

「やっぱり、花見で会いましたか？　飲みすぎたのか、途中から記憶が途切れているんですよね。どうも最近、記憶がないことがあるような……」

星はまたもや襲ったことを忘れているらしい。忘れたふりをして逃げようという魂胆ではなく、本気で思いだせないようだ。記憶を手繰り寄せようと真剣な面持ちで眉間に指を当てている。

「べつにたいしたこと話したわけじゃねぇから気にすんなよ。でもおまえ、酒は控えたほうがいいのかもな。そんなことより、配役変更があるんだ」

忘れていることをわざわざ思いださせることはない。渡瀬もカメラに収めるように頼んだ。開始場所なども説明していると、またもや星に見つめられていることに気づいた。今度はぼんやりとしている。

「なんだよ」

睨むようにして問うと、星が我に返ったように瞬きをして、頭をふった。

「失礼。渡瀬くんが加わるわけですね。わかりました」

星が離れていき、美和も配置につく。

星がカメラを構えた。時計を見ると、開始まであと一分。

室内が静まり、空気が緊張に包まれる。

壁際に控える時間計測係の青年が、ストップウォッチ片手にかけ声をあげた。

「いきますよ……三、二……はい、スタートォ！」

合図とともに、ガスボンベの近くにいた天方がふっ飛んだ。もちろん本当にガス爆発したわけでなく、自ら横っ飛びしている。床に倒れた天方のそばに山崎が駆け寄り、演技がはじまる。

「天方っ‼」

「ガス爆発だ。換気をっ」

研究員たちがそれぞれ割りふられたセリフを言いながら一時救命処置を開始する中、渡瀬と大豆生田が背後をふり返り、「火事だーっ」と同時に叫んだ。

山崎たちを撮っていた星のカメラが、渡瀬のほうへ首をふる。

一同が速やかに散らばり、消火器を手にとった。

「山崎、天方を避難させろ！」

「了解っす！」

美和が非常ベルを押す。次に電話の受話器をとり、緊急時用の番号を押した。それで全館放送ができるようになる。

「訓練、訓練です。火災が発生しました。出火場所は第一研究室。職員は速やかに消防部隊を編成してください。これは訓練です。くり返します――」

全館にサイレンが鳴り響く中、放送を終えると美和も消火器をつかみ、部下たちが奮闘する現場へ合流した。

「御頭、火の手の勢いがすごくて、鎮火できません！」

「諦めるな！　すぐに助けが来るっ」

皆が消火器のホースをむけている場所には大きめの実験装置があり、それを包むように赤い紙が張られている。紙には「火柱」と書かれている。

消火器はホースをむけているだけで実際に噴射はしていないが、皆いかにも本当にやっているように臨場感溢れる動きをしていた。渡瀬もそれなりに調子をあわせて消火器をかまえていた。

「皆、怪我するなよっ。退路は確保しとけ――ん？」

気がつけば星が美和の真横におり、美和の姿ばかりを撮影していた。足元から這いあがるように全身を撮ったり、顔を舐めまわすかのようにじっくりと撮影している。

「星、全体を映せよ」

負傷してみたり消火器を交換してみたりと熱演している部下たちを撮ってほしいのに、なぜ自分ばかり。

「映してますよ」

「俺しか撮ってねえじゃねーか」

「ですから頭からつま先まで全体を」

「俺の全体ってことじゃなくてだな」

いったいなにを考えているのか不可解だ。

撮り直しはきかないと思うと訓練を止めさせるわけにもいかず、いっそカメラを奪ってやろうかと思っていると、よそからの消防部隊がなだれ込んできた。

美和の指示により他部署の者も消火活動に参加し、場がいっきに混雑した。お陰で星は隅のほうへ追いやられ、まもなく外から消防車のサイレンの音が聞こえてきた。消防車の到着が鎮火の合図だったので、美和は声を張りあげた。

「よし、鎮火！　皆無事か、いったん外へ出て点呼するぞ」

研究員だけでなく全所員が外の広場へ集合し、点呼をとる。消火訓練中はいなかった篠澤も姿を見せ、じっとこちらを見ていたが、さすがに所長もいる場で近づいてはこなかった。

所長や消防署員のあいさつがあり、その後、消防署員の監視の下で一斗缶の中に火をつけ、実際に消火器を噴射する訓練をおこなって、訓練が終了となった。

ちょうど昼休憩の時間である。

「やれやれ。皆、お疲れさん。飯食おうぜ」

声をかけて建物のほうへ足をむけようとしたが、部下たちは動かなかった。

「御頭、ちょっと待ってください」

皆思い詰めたような視線を美和にむけている。渡瀬もその中のひとりだ。

「なんだ」

一同を代表するように、大豆生田が切りだした。

「俺たち、御頭親衛隊というものを結成することにしましたのでご了承ください」

「へ？」

「後日親衛隊ルールブックを作成しますので、ご助言があればよろしくお願いします」

御頭親衛隊？

親衛隊ルールブック？

「なんだそりゃ」

「その名のとおりです。メンバーは第一研究員です。隊長は決めてません。こういう行事の際に、皆で御頭を守ります」

アイドルじゃあるまいし、なんて突拍子もないことを言いだすのか。ふざけているのかと思ったが、皆の目は本気だ。

どう受けとめていいのかわからず、美和は頬を撫でさすった。

「冗談だろ？　おまえら、どうかしちまったのか」

「どうして俺たちがこんなことを言いだしたのか、わかりませんか」

「なんだよ」

「御頭、最近おかしいですよね」

「どこが？　なんのことだ」

とぼけてみたが、思い当たることがいろいろありすぎて、表情をうまく取り繕えない。

「やたらと男にくっつかれるようになったと思いませんか？」

「……まぁ、な」

「白状してください。篠澤さんからなにを飲まされているんです」

「前も誰かがそんなこと言ってたな。なにも飲まされてねえぞ」

それは事実なので堂々と言った。

「ほんとに知らないんですか？　だったらいい加減気づいてください。きっとこっそり飲まされてるにちがいないんです」

「いや、そりゃねえって」

「篠澤さんの関与には気づいてないとしても、御頭自身も、今回のことでさすがにおかしいと気づいたでしょう？　俺たちがガードしなかったらいまごろどうなっていたか、想像できませんか」

そうなのである。

じつは防災訓練中、合流してきた他部署の連中に、やたらと密着されたのである。第一の部下たちがさりげなく美和を取り囲んで盾となり、守ってくれたのだった。

「なんだかよくわからんが、さっきはおまえらのお陰で助かったと思ってる。だけどな……」

「俺たちも、その……言いたくないですが、限界なんです。わかってください」

「そう言われても」

真実、篠澤は関係ないのである。どう言ったものかと悩んでいると、天方が一歩前へ出た。

「じつはぼく、昨日篠澤室長から呼びだされたんです」

美和と渡瀬が車中でエッチしていたときのことだろう。一同の視線がそちらに流れる。

「御頭の匂いを採取するように頼まれたんです。それはもちろん断りましたけど、篠澤室長は、御頭の秘密を知らないって言ってましたけど、きっとうそだと思うんです」

「だろうな。あやしすぎる」

と同意したのは大豆生田。

「でしょう。知らなかったら、そんなことは言わないと思うんです。御頭の身体で実験していて、その結果がほしいから、そんな頼み事をしたんじゃないでしょうか」

てっきり、篠澤も知らないようだと言うのかと思ったら、逆の結論を出している。聞いている者たちも、もっともだというように頷いていた。

「それは……どうだろう」

「そうですよ。だって篠澤室長ですよ」

日頃のおこないって大事だなあと美和はしみじみ思った。

「だとしても、どーしろってんだよ」

顔をしかめてぼやくように言えば、大豆生田がだめな生徒を叱《しか》る教師のように答える。

「篠澤さんに接触しないようにしてください」

「だけどあいつ、最近やたらと絡んでくるんだよな。俺も逃げてるんだけど」

「あの」

山崎が真顔で、しかし微妙に頰を赤らめて言った。

「そこで親衛隊の出番だと思うんです。特別親衛隊というか、監視員をつけるといいんじゃないすか」

「監視員って、篠澤にか？」

美和が問い返すと、山崎はますます頰を赤らめた。

「御頭にです。ボディガードだと大げさすぎるから、監視員って言ってみたんすけど。どこに行くにもガード役としてそばにいて、御頭が気づいていないときに、篠澤さんが変なまねをしていないか監視するんです。どうでしょう」

それはいい、と誰かが言い、大半が賛同した。

大豆生田が頷きながらも、ただし、と問題提起する。

「ただ、その監視員を誰がするかだな」

「それは、いっしょに研究してるおれが適任じゃないかと思うんだけど。御頭、どうです」

山崎の熱心な眼差しを受け、美和は考えるように頬をかいた。

これまでのことをふり返ってみると、大勢いるところではあからさまに手出しをしてくる者はいないが、ふたりきりになると理性が弛むらしい。それはいつもいっしょにいる部下たちも、それ以外の者もおなじだ。

大豆生田が言う。

「いっしょに組んでるからって、あまり関係ないだろ。御頭。誰でも指名してください」

「誰でもっつってもなあ……それって篠澤みたいに、トイレに行くのもついてくるのか?」

「もちろんです」

「そりゃ勘弁してくれ」

「しかたないですね。ではその辺は状況を見て判断ということにしましょう。指名がなければあみだくじで決めますけど、どうします」

美和は悩んで一同を見まわし、最後に渡瀬に目をとめた。

「だったら……、渡瀬に頼む」

美和としては、職場ではできるだけ渡瀬と離れていたいのだが、始終そばにいても問題ない相手となると、ほかに選択肢はなかった。

「え、また渡瀬くんですか……?」

「このあいだの打ち合わせも渡瀬くんだったのに……いや、べつに文句があるわけじゃないですけど……」

なぜ渡瀬ばっかり、と、嫉妬混じりのような、一種白々した雰囲気が漂い、美和はごまかすように言った。

「だっておまえらも最近、時どきくっついてくるだろ。だけど渡瀬は絶対抱きついてきたりしねーから。だろ?」

「まあ、ねえ……」

それぞれ心当たりがあるせいで、不承不承といった感じではあるが納得し、監視員は渡瀬ということに決まった。

ただでさえ渡瀬と接近していることがめっきり増えているのだから、ばれないように気をつけないとと思い、よそよそしい声を出す。

「いいか、渡瀬」

「はい。よろしくお願いします」

それまで黙って静観していた渡瀬が、美和にだけわかるぐらい微妙に眼差しを和らげて、ほっとした心情を覗かせた。

午後になり、反省会を終えてから通常の業務を再開すると、美和は山崎を連れて知的財産部へむかった。渡瀬が監視員に決まったばかりだが、やはり業務中は声をかけにくく、ひとりで行こうとしたらなぜか山崎がついてきたのだ。

パソコンとデスクばかりの閑散とした室内に入ると、サーチャー、データベース検索技術者の青年が黙々とデスクワークをしていた。

室内にはひとりしかいなかった。山崎についてきてもらってよかったかもしれない。

「おーす、佐藤《さとう》くん、いまいいか」

「はい、だいじょうぶですよ」

「水素の収率をあげたいんだけどさ。ほかの会社の動向が知りたい」

「収率ですか」

「そう。どんなんがある?」

美和と山崎もあいたパソコンで検索する。

「サイファインダー入れてほしいよな。ったくめんどくせえな」

検索システムに文句を言うと、佐藤青年が苦笑した。

「ほしいですねえ。でもうちの場合だと年間四、五百万かかるからだめだろうって、星さんが言ってましたね」

「なんだよあいつ。研究所の金、裏で握ってんじゃねーか？」

無駄話をまじえつつ小一時間ほど作業し、めぼしいものをいくつか見つけてから、美和たちは今度は化工棟へむかった。

倉庫のような化工棟にはミゼットプラントがある。先週から研究室でおこなっていた実験を、今度はこちらで試した。

熱をかけて蒸留すると、汗が流れるほど室内の気温が上昇する。美和たちのほかに人はおらず、ふたりきりである。山崎が妙な気を起こす前にデータをとり、早々に戻りたいところだ。しかし山崎ならば、血迷ったとしてもせいぜい抱きつかれる程度だろうと高を括《くく》ってコンピュータを見ていたところ、背後から呼ばれた。

「御頭、あの、話があるんです」

首をまわして視線をむけると、山崎が頬を染めて俯いている。

「なんだ」

「その……首筋の痕って……」

山崎の視線が美和の首にむけられる。そこには星につけられ、渡瀬に上書きされたキスマークが残っていた。作業着の襟で隠せる場所ではなく、下手に隠そうとするのも逆にいやらしい気がして、そのまま晒していた。

「もしかして、彼女できたんすか」

「いや。これは昨日酔っ払いにつけられたんだ」

渡瀬は彼女ではないので否定した。しかしこの場合、恋人の有無を訊かれているのだから肯定しておくべきなのだろうかと迷っていると、山崎が胸元で両手を握りしめ、必死な顔をしてきた。

「いないんでしたら、おれ、立候補してもいいっすか」

「あ？　なにに？」

「彼氏というか。恋人というか」

まさか。

美和はその場に棒立ちになった。

山崎が、いきなりすみませんと言って告白を続ける。

「昨日の花見のあと、ずっと考えてたんですけど……もしかして、御頭のことが好きなのかも……いえ、きっと好きなんだと思うんです」

「山崎。たこ焼き買ってやったぐらいで、そんなに恩に着なくていいぞ」

「ちが……っ、冗談言ってるんじゃないっす。まじめに、こ、こここ恋しちゃったんです」

「そりゃ勘違いだ」

いじましく告白する相手に、美和は容赦なく否定した。

「ほら、篠澤に妙な薬飲まされてるんじゃねぇかって、おまえら言ってただろうが。その影響だろ」

「それはおれも考えましたよ。きっとそのせいだって、自分に言いきかせて二ヶ月近くを過ごしてきました。でも、この気持ちはやっぱり……」

「ちがうって。何年もいっしょにいるのに、急にそうなるなんておかしいだろ」

「でも、近すぎて気づけなかったけど、ふとしたきっかけで、とか、よく聞くじゃないすか。恋ってそういうもんじゃないっすか」

「知らねーよ。目を覚ませ。おまえはたこ焼きに惑わされてるだけだ」

どう考えてもオヤジ妖精の影響なので、断固として否定すると、山崎が涙目で見つめてきた。

「う……」

こらえるように唇がふるえだし、見るまに涙が盛りあがって溢れそうになる。

「うわ、泣くなよ」

「すみませ……、そう言われると思いましたけど……すこしは考えてもらうことはできませんか」

山崎が目をこすりながら言い募る。

「せめて、おれの気持ちまでは否定しないでください」

「だけどな。俺もおまえも男だぞ。わかってるよな」

「はい。わかってます……それでも、なんです」

純情一途《いちず》に切々と言い寄られ、美和はとにかくこの場を収めようと、弱りながらも頷いた。

「わかった。胸にとどめておく。おまえももうちょっと時間を置いて、冷静になって考えてみてくれ」

まもなくデータがとれて、美和は山崎を促して歩きだした。

早いところオヤジに離れてもらわないと、職場の人間関係が修復不可能なことになりかねない。

胸の奥から焦りが生じる。

周囲の男どもから妙な目で見られている状況に、ストレスを感じていないわけではない。

篠澤のこともある。よけいな気苦労が多いのに、その上山崎との関係までうまくいかなくなったら仕事も立ち行かなくなってしまう。

早くどうにかしないと。

苦々しく思いながら胸の膨らみを見おろした。

八

夕方になり終業時間を過ぎると、渡瀬がそばにきた。

「そろそろ終わりますか」

「ん、ああ。でも、雑用が残ってる」

「では待ってます。監視員ですから、車に乗るところまでお供します」

いっしょに帰る大義名分を、渡瀬がここぞとばかりに口にする。美和は照れそうになりながらも調子をあわせた。

「そうだな。更衣室で篠澤が張り込んでるかもしんねーし、監視がいたほうがいいよな」

「はい」

「すぐ終わらせるから、ちょっと待っててくれ」

今日の訓練についての事務処理を片づけるあいだ、渡瀬も自分の机で仕事をしながら待っていた。

ほかの部下が帰り、なごり惜しそうにしていた山崎も大豆生田に誘われて帰ったあとで、美和も仕事を終えた。

「午後、山崎さんと出ていったでしょう。そのときなにかありました?」

荷物をまとめていると、渡瀬に踏み込むように尋ねられた。

「べつに」

「本当に? 様子がおかしかったように見えましたが。とくに山崎さんのほうですけど」

「よく見てるな……」

「俺だけじゃなく、皆も気づいてますって。ふたりとも顔に出やすいんですから。それで、今度はなにをされたんです」

「なにもされてねーよ」

渡瀬が眼差しを鋭くして覗き込んでくる。

「……隠すと、身体に訊きますよ」

今夜の情事を想像させるような言い方をされて、美和は目元を赤くしつつも顎《あご》をあげて言った。

「訊いてみろよ。ほんとに指一本さわられてねーよ。すこしは信用しろって」

「信用してないというか……山崎さんが相手だと、かばいそうだから」

『美和、渡瀬以外に誰もいないいじゃろ。喋ってもいいかの』

胸からオヤジの声がした。

「いいけど、なんだよ」

『わしもその場にいたからの。口添えしてやるぞよ』

作業着の前を開けてやると、オヤジが顔を覗かせる。

「妖怪の言葉なんか必要ないですよ。美和さん、しまってください」

『ほんに、渡瀬は嫌な男じゃの。いちいちうるさくてかなわん。こんなに嫉妬深い男が相手で、美和の苦労が忍ばれるのう』

目を細め、吝《しわ》い爺さんのような顔をして挑発するオヤジを、渡瀬が睨む。

「だーから、いがみあうなっつの。オヤジもよけいなことを言うなら黙っててくれよ」

『ふむ。ちゃんと話すとも——むぎゅ』

渡瀬が美和の作業着のファスナーを引きあげたせいで、オヤジが潰れた声を出した。

「たいしたことはなかっただろうことは、美和さんの態度でじゅうぶんわかりましたから、もうけっこうです」

『おのれ、渡瀬』

このふたりは連日こんな調子である。

美和はまあまあと宥めるように服の上からオヤジを撫でてやった。美和がそんなふうにオヤジをかばうから渡瀬もおもしろくないわけだが、その辺りのことには美和は気づけない。

渡瀬はちいさく息をついて美和から離れ、ひとり言のように呟いた。

「山崎さんのあの様子だと、告白されたとか、そんなところでしょうかね」

見てたのかよ、とつっこみたくなる洞察力である。美和はそれには答えず、代わりに鞄で渡瀬の尻を軽く叩いて「帰るぞ」と促した。

夕飯はなにを食べるか、などとたあいのない話をしながら更衣室へ行き、そこから身構えるように息を詰める。きっと待ちかまえているであろう人物にそなえるためである。

しかし、予想に反して篠澤の姿は見当たらなかった。

「篠澤のやつ、まだ仕事かな」

毎日更衣室で待ち伏せされて、着替えを観察されていた。今日も当然のようにいるだろうと思っていたから、逆に拍子抜けした感じである。

「どうでしょう。部屋の明かりはついていたようですが、篠澤さんが残っているかは、確認しませんでした」

「諦めた……わけはねえよな」

「ええ。それは考えられませんね」

渡瀬が眉をひそめて周囲に視線を配る。

「待ってください」

ロッカーを開けようとしていた美和を、渡瀬の手が止めた。

「罠《わな》が仕かけられていたりしませんかね」

「まさか」

渡瀬が美和をさがらせ、ロッカーを慎重に開けた。しかし中から篠澤が飛びでてくることもなければカメラや爆弾が仕込まれていそうな様子もなく、これといった問題はなさそうだった。

「だいじょうぶそうだな」

「……そうですね」

「あいつも忙しいからな。俺にばかりかまっていられないんだろ」

「それはそうでしょうけれど……」

こんな日もあるだろうと、美和は着替えはじめた。それを見て、渡瀬も自分のロッカーへむかったが、警戒は解けぬようだった。

「急に手を引くというのも、あやしくないですか」

「まあな」

「防災訓練のどさくさに紛《まぎ》れて手だししてくると思っていたんですけど、それもなかったですし……」

何事もなく着替え終え、更衣室を出る。それでも渡瀬は篠澤の動向が気がかりのようで、眉間にしわを寄せていた。

「なんだか、嫌な予感がします」

駐車場へむかいながら、低く呟いていた。

翌日の午前中も篠澤の姿を見かけなかった。昼食も鉢あわせることなく午後になったが、あの篠澤が諦めるわけがない。単純に仕事が忙しいのか、午後に臨時会議があるため、そこで待ちかまえているのだろう。

「会議中、廊下で待機しています」

たいした距離でもないのに会議室前まで護送してくれた渡瀬が、別れ際に心配そうに言ってくる。あまりにもピリピリしているので、美和は笑顔を見せてひらひらと手をふった。

「いくらなんでも心配しすぎだって。戻って仕事してくれ」

「しかし」

「だいじょうぶだって」

「そうやって油断して、いつも大変な目にあうんじゃないですか」

「だけどな。篠澤だって、人前ではおとなしくしてるだろうし。ほかの連中とも近づかないように気をつけるから」

密室にふたりきりという状況なら美和も警戒するが、大人数だし、人目があれば篠澤も強引な行動には出ないだろうと思えた。防災訓練中などは大勢に密着されたりもしたが、会議の場でそういった空気にはなりにくいはずだ。

「おっと、もう時間だ。じゃあな」

「終わったら迎えに来ますから、内線で連絡してください。もし会議中に集団で襲われたら、迷わず非常ベルを押してください」

「わーったわーった」

最後まで心配顔の渡瀬に手をあげ、会議室へ入った。

篠澤はあとからやってきて美和のとなりの席にすわったが、いたってふつうにふるまい、危険な行動は見られなかった。ほかの者については、いつも以上に視線を注がれていたのだが幸か不幸か美和は気づかず、つつがなく会議を終えた。

「さて。お先」

渡瀬には連絡するように言われたが、電話などせず即行で逃げ帰ったほうが篠澤に捕まらずに済むのではなかろうかと思い、急いで部屋から出たのだが、その行動は篠澤にとって予想済みだったようだ。廊下に出てまもなく捕まってしまった。

「ずいぶんお急ぎなんですね」

腕をつかまれて、強引にとなりに並ばれる。

「そうだ。手を離してくれ」

思いきり嫌そうな顔をしてやっても、篠澤は怯まない。

「話があるので、少々おつきあいいただいてよろしいですか」

「あとにしてくれ。そんな時間ねぇんだ」

「ま、そう言わず。例のものを見せろとは言いません。用件はべつのことです」

「なんだよ」

「昨日、知財部の佐藤くんと、水素の収率の件で調べていたでしょう」

「ああ」

たしかにオヤジとは別件、それも自分の研究の話だった。なぜそのことを知っているのか、と美和は歩みを緩めて篠澤に注意をむけた。

「美和室長たちが帰ったあとに、偶然私も佐藤くんのところへ行ったんですよ。それで話を聞きましてね。美和さんがほしがっていたデータが、そのときにみつかりましたよ」

「え、まじか」

ほしかったものがひとつみつからず、時間も惜しいので佐藤に検索を託してあとにしたのだった。それがみつかったと聞き、目を輝かせた。

「資料庫にもありました。私もほしい資料があったので資料庫へとりにいって、ついでにとってきましたよ」

「そりゃ助かる。んで、その資料は」

「それが、この会議に持ってこようと思っていたのですけれど、うっかり忘れてしまって。

第二研究室にありますので、いっしょに来ていただけますか」

美和は口をつぐんで、じっとりと篠澤の目を見つめた。

本当だろうか。

なにかたくらんでいないかと篠澤の顔を観察してみるが、いつもと変わらぬ綺麗な笑顔だ。つまり、美和には判別できない。

「第二、だよな」

「はい」

「わかった」

半信半疑ではあったが、従うことにして足を進めた。

もしかしたら資料と引き換えにオヤジを見せろと要求するつもりなのかもしれないとも思えたが、そのときは断ればいい。どうしてもいますぐに必要な資料というわけでもないのだ。それに第二研究室には篠澤の部下たちがいるはずで、篠澤が変なまねをしたら誰かが止めてくれるだろう。

「ところで昨日は大活躍だったようですね。第二でも美和室長の話題で持ちきりでしたよ」

「そうかよ」

「私は残念ながら消防部隊ではなかったので参加できなかったのですけれど、参加した部下たちが、それはもう興奮してしまって午後も仕事にならない様子で。そんな話を聞いたら、私もますます興味が湧いてしまいました」

篠澤の視線が美和の顔と胸を遠慮なく行きかう。

「やはりその胸の中を確認させていただきたいのですけどね。こうして近くにいると妙な気分になるのも、例のものが関係しているのでしょうか」

「へえ。おまえでも……」

篠澤でもオヤジ妖精の影響を感じるとは意外で、うっかり口を滑らせそうになり、言葉を飲み込む。

「私がなにか?」

「なんでもねえよ」

それにしても証拠も理屈も知らず、勘だけで言っているはずなのになぜか核心に迫っているのは篠澤の変態たるゆえんだろうか。

そんな話をしているうちに第二研究室へ着き、篠澤が中へ入る。

「美和室長も、中へ来ていただけますか」

「おう……ん? 暗いな」

「実験中ですので。扉を閉めてください」

扉のむこうの室内は真っ暗で、器材の電源ランプなどがちいさく灯《とも》っているだけだった。

第一と異なり、第二は微生物や小動物を取り扱っているから、そういうこともあるかもしれないと思いながら手さぐりしながらそろりと足を踏み入れる。

「転んだら危な――うわっ」

扉を閉めようとしたら、美和が閉めるより先にばたんと大きな音を立てて扉が閉まった。

直後、暗闇《くらやみ》の中から何者かが飛びだし、背後からはがい締めにされた。

「なっ！」

照明がつく。蛍光灯のまぶしい光に打たれて一瞬目を瞑り、開いたときには篠澤が目の前にいた。作業着の上着のファスナーをおろされ、内ポケットに手を突っ込まれる。

背後から拘束している男は第二研究室員らしい。あらがってもびくともしない。

「てめ、やめろ！」

篠澤の手にオヤジをつかみだされた。

オヤジは身の危険を直感したようで、とっさに身体を硬直させて人形のふりをしていた。

「ふうん……」

篠澤は鋭い眼差しで近距離から細部を見たり遠くから全体を見たりと、矯《た》めつ眇めつオヤジを観察したのち、身体をつついたり手足を引っ張ったりしはじめた。

「おいっ、資料の話はうそだったのかよっ」

「そんなのわかりきったことでしょう」

「……っ」

悪びれることなくいけしゃあしゃあと答えられ、美和は己の不覚に唇を噛みしめた。

オヤジは手足を引っ張られても、わずかな髪を引っ張られても自ら動かず耐えていたのだが、篠澤の指が腹巻にかかったとたん、顔色を変えた。

『っ！　らめえっ！』

ひと声叫び、脱がされそうになった腹巻を慌てて押さえる。それを見た篠澤が満足そうに口の端を引きあげた。

「やっぱり生き物ですねえ」

ひぃっとふるえるオヤジを握りしめた篠澤が美和に笑顔をむける。

「それも、日本語を喋れる高等生物ですね。正体はなんでしょうか」

「…………」

「それを調べるのが私の仕事ということですね。わかりました。調査しますので、しばらく貸してください」

篠澤は上機嫌で歩きだし、中央の作業台にむかう。美和も拘束されたまま移動させられる。

「誰か……」

篠澤を止めてくれる者はいないのかと辺りを見まわすが、十人ほどの篠澤の部下たちは止めるどころか実験もせず、ずらりと並んで待ちかまえていた。

「なに、おまえら……」

通常業務をしていた様子はない。どうやら美和を引き込むことは打ち合わせ済みのようである。異様な雰囲気に意表をつかれた隙に、ふたりがかりで拘束されてうしろ手に縛られた。

「っのやろ……っ」

オヤジのほうは篠澤から部下へ手渡され、小動物用の拘束具をつけられて作業台の上へ仰《あお》向《む》けに張りつけられている。それから頭にいくつもの電極をつけられていた。

オヤジの横には注射器やらメスやら、美和には見慣れない薬品が並べられたトレーが置かれており、研究員のひとりが注射器で薬品を吸っている。マニュアルでもあるように、着々と準備が進められていた。

『ひいぃぃっ！　み、美和ーっ！』

オヤジが泣いて助けを呼ぶが、美和も拘束されていて動けない。

「おまえら、なにするつもりだよっ」

激しくあらがったら、拘束していた男が興奮してしまった。はあはあと荒い息を吹きかけられて、床に押し倒された。

「いてっ！」

「こらこら安倍《あべ》くん、怪我をさせてはいけませんよ」

戻ってきた篠澤に救いだされたが、押さえつけるように椅子にすわらされ、数人がかりで括られてしまう。足も紐《ひも》で縛られた。

「篠澤、あいつをどうするつもりだ」

「謎だらけですからね。いろいろと調べさせてもらうだけです。もちろんあなたもね」

「な、俺もっ？」

篠澤が身を屈め、興奮した顔を近づけてくる。

オヤジの影響による興奮と、未確認生物の実験ができる興奮の相乗効果だろうか、壮絶なほどに目が血走っていた。

「あなたにこうして近づくと、妙な気分になる。あの生物と関係があるのかと思ったのですが、あれと離れていても、あなたから感じるのですよね……」

篠澤が美和のうなじの辺りの匂いを嗅ぐ。

「私があなたに薬を飲ませているとささやかれているようなので、汚名を晴らすためにも、原因を究明しないといけません。それだけでなく、人のフェロモンについての新事実がみつかるかもしれません。ご理解いただけますね」

「つまりおまえの自業自得と個人的な好奇心ってだけだろ。納得できるか。離れろよ」

「強情な方ですね。しかたありませんね、はじめてしまいます。すぐ終わりますから」

篠澤ははじめから了承を得るつもりなどないようで、ろくに説得もせずに作業台へ手を伸ばした。そして綿棒をとり、美和の耳の裏にこすりつけた。

「おい、勝手になにすんだよ」

「匂い成分の採取です」

よけると、背後に立つ男に頭を固定された。

「てめーら……っ、嫌だって言ってるだろっ」

篠澤は使用した綿棒をとなりに立つ部下に渡すと、新たな綿棒を今度は耳の穴に差し込む。

「ちょ……っ、いてっ」

「じっとしていてください」

綿棒を渡された部下は、それを密封式のビニール袋に入れ、部位を記入している。

「靴下や下着も匂いが付着しているはずですから、いただきますね」

「やらねーよっ」

「だいじょうぶですよ。代わりの新品を用意してありますのでご安心ください」

「そうじゃなくて、変なことに使うなってんだよ！」

耳を終えると、今度はシャツのボタンをはずされ、その下に着ていたTシャツも捲《まく》りあげられる。

「おい、こら、人の話を聞けよって……っ」

胸元が晒された。

美和を取り囲む一同の視線が乳首に注がれる。篠澤をはじめ、見ていた者たち全員が欲情した顔をしてごくりと生唾《なまつば》を飲み込んだ。

「これは……すごい」

なぜか乳首を賞賛された。

なんで、と問いたい。

「あ、あほか！　なにがすげえってんだよ！　おまえら、おっさんの乳首見て興奮してんじゃねーよっ！」

異様な反応に、叫ばずにはいられない。

篠澤は聞く耳持たず、美和の腋に手を差し込んで、腋の下の汗を綿棒で採取する。臍《へそ》もぐりぐりと綿棒でこすられた。

「痛っ。いてーよっ！　やるならもっと優しくやってくれっ」

「……優しく？」

「そうだっ。いてーんだよっ」

「優しくやってほしいんですか……わかりました」

美和の文句を聞いたら篠澤はますます興奮した様子で、新しい綿棒を手にした。そして小鼻を膨らませ、興奮にふるえる手を美和の胸元に伸ばす。

「次は乳首ですが……、ご要望のとおり、優しく、こすってあげます」

乳首の先に綿棒がふれる。ふれるかふれないかというようなタッチでくすぐるようにつつかれ、こすられる。

「っ……、んっ」

刺激に思わず反応してしまった。くすぐったくて身体がぷるぷるとふるえてしまう。すると篠澤の手の動きが止まり、顔をまじまじと見つめられた。そのまま顔を凝視されながら、乳首をこすられた。ほかの箇所はすぐに終わったのに、今度はいやに長い。

「おま……もういいだろ……っ」

「だめです。優しくやってますので、じゅうぶんな量の匂い成分を採取するには時間がかかるんです」

「くすぐってーんだよ……っ」

「優しくしろとおっしゃったのはあなたのほうなんですから、我慢してください。これも研究のためです」

「なにが研究だよ。これ、ただの変態行為だろ……っ」

刺激されて硬くなってしまった乳首を散々いじられ、もう一方も採取を終えたときには、美和のまわりにいる者たち皆の息があがっていた。

やり遂げたと言わんばかりに額の汗を拭う篠澤が美和を見おろす。

「……もっと体液を採取したいですね……」

かすれた声で呟くと、なにやら思案するような顔つきで、ふらりと美和から離れた。

『ぎえっ』

美和が匂いを採取されているあいだにオヤジのほうも実験がはじまっていたらしい。悲鳴に釣られてそちらを見ると、篠澤の部下によって知覚反応を調べられているようで、針先でつついたりつねったりと、いたぶられていた。

「さて」

オヤジに気をとられているうちに篠澤が戻ってきた。

「ほかにもいろいろな箇所の匂いを採取する予定なのですが、比較データが必要ですし、いまのままだと採れる量がすくなすぎるので、これを使いましょう」

あきらかによからぬことを企《くわだ》てている目つきで、薬液の入った容器を美和に見せる。

「なんだよそれ」

「簡単に言うと、ちょっとした催淫剤です」

「はっ?」

篠澤が注射器で薬液を吸いあげる。

「錠剤のほうがいいですか?　注射したほうが反応が早くていいんですけれど。どちらもありますよ」

「どっちも嫌だっ」

「では注射で」

「待て。待てよ。なんで催淫剤なんかあるんだよ。つか、比較データが必要って意味わかんねーし、俺を欲情させてどんな意味があんだよ」

　つっこみどこころがありすぎて、すべてが理解不能だ。元々篠澤は変人だが、もうすこし理屈の通る男のはずだった。変態がオヤジ妖精の影響を受けるとこうなるのか。

「美和室長は化学分野ですから理解できないでしょうが、我々としては基本的なことをしているだけですからご安心ください」

「うそつけっ！　めちゃくちゃな方向に進んでることぐらい、俺だってわかるわっ」

「黙ってください」

　腕に注射をするために上着とシャツの袖を捲られ、美和は顔面蒼白になった。

「篠澤、落ち着け。さっきまでの行為ならまだ許せるが、これはだめだ」

「たいしたことじゃありませんよ。それに私の完璧な仕事ぶりはよくご存じでしょう。安心して任せてください」

「いや、でもこういう場合はさ、ほら、もっと先にすることがあるだろ。同意書をとるとかさ。薬品アレルギーの有無を確認するとかさ」

　必死に説得を試みようとするが、混乱しすぎて、篠澤を止められるような言葉が思いつかない。

『美和っ、美和ぁっ、助け……ひいいっ』

　作業台のほうでは、オヤジも研究員に注射器をむけられていた。薬液の色は美和のものとは違う。なにを注射するつもりなのか。

オヤジの体調の変化は美和にも影響するのだ。相乗効果でとんでもないことになりかねず、美和もふるえあがった。

「おい篠澤、あれ、なにするつもりなんだよ」

「どうぞお気になさらず。じっとしていてください。すぐに済みます」

注射部位を消毒される。こちらも時間の問題だ。

「ま、待て。わかった、妥協してやる。下着がほしけりゃくれてやる。匂いを採ってもいい。だから変なもん使うのはやめてくれっ」

篠澤に腕をつかまれた。注射針が近づく。

「やめろ篠澤っ。これ以上そういうもんを使ったりしたら、俺、死ぬかもしれんぞ！」

叫んだとき、研究室の扉が音を立てて開いた。

現れたのは、渡瀬だった。

「渡瀬っ‼」

『渡瀬っ‼』

救いの神の登場に、美和とオヤジが同時に名を呼んだ。

室内に足を踏み入れた渡瀬は、拘束されて服を乱された美和の姿を目にするなり顔を青くし、それから瞬時に怒りで赤くなった。

さらには篠澤が注射器を手にしているのを見て、視線だけで人を殺せそうなほど凶悪な眼差しとなる。

「怪我は」

ぼそりと、聞きとれないほどの低音で問いかけられる。男の剣幕に美和も圧倒されて息を呑み、首をふる。

「だいじょうぶだ」

とにかくまずは美和の肌を隠そうと、渡瀬は自分の作業上着を脱ぎ、美和に近づいた。しかし行く手に篠澤が立ち塞がった。

双方のあいだに火花が散る。

「……解放してください」

いまにも殴りかかりたいのをこらえたような押し殺した声音で渡瀬が告げる。

「もちろん。データをとらせてもらったらね」

篠澤はまったく悪びれず、飄々《ひょうひょう》と返す。

渡瀬のこめかみに血管が浮きでた。

「同意を得ていないんでしょう。犯罪ですよ」

「渡瀬くん、これも人類の明るい未来と世界平和のためだよ」

「そう思うなら、正攻法でちゃんとした手順を踏んで、本人もおおやけも納得する形でやってください。こんなのは許されません。たとえ本人が許しても、俺は許せない」

渡瀬の視線が作業台のオヤジにむく。

「そっちのも返してください。それ、美和さんのですよね。人のものに勝手なことしないでください」

篠澤が薄笑いを浮かべてオヤジを見て、ふたたび渡瀬へ顔を戻す。

「しかしね、非常に興味をそそられるでしょう。これ、きみはなんだか知っていますか」

「ロボットです」

渡瀬は間髪入れず、自信満々に言い切った。

「ほう?」

「俺の知人が作った人工知能を持つエンタテインメントロボットなんです。アンドロイド、もしくはペットロボットと言ったほうがわかりやすいでしょうか。まだ試作品なので外観は適当な作りで、気味の悪い姿ですが」

篠澤が胡乱《うろん》な目つきでオヤジを一瞥し、渡瀬のほうへ戻す。納得した様子は皆無だ。

「いや、どうみても生き物でしょう」

「いえ。ロボットなんです。篠澤室長はロボット工学は専門外ですよね。精巧にできているので判別がつかないかもしれませんけれど」

渡瀬が作業台から離れた壁際のほうへ移動する。

「見え透いたうそをつかずとも、殺しはしませんよ。多少切ったりしますが、問題ない程度です。ちょっと生検をとらせてもらって、あとは綺麗に元に戻しますよ」

「勝手なことはやめてください」

「きみも研究者でしょう。これの正体が気にならないのかな」

「気になりませんね。なぜならロボットですから」

立て板に水といったように、渡瀬はロボットで押し通す。

「困りましたね」

篠澤は攻め方を変えたようで、急に内緒話をするように声をひそめた。

「渡瀬くん。極秘なのですが、じつはこれにはね、我がＡＲ石油の世界征服計画がかかっているんですよ。だからちょっと黙って見ていてくれませんかね」

「おいこら篠澤。話がでかくなりすぎてるぞ」

篠澤たちの視線は、壁際の渡瀬のほうへ集中していた。渡瀬が妙な動きをしないか警戒した一同が、圧迫するように前へ進みでる。狐《きつね》と狸のばかしあいのように会話の内容はとぼけているが、それとは裏腹に、緊迫した空気が辺りに漂っていた。

そんな中、美和はふと作業台の方へ視線をむけた。

こんなとき一番騒ぎだしそうなオヤジがやけに静かで、死にかけているんじゃなかろうかと心配になったのだが、見れば、オヤジはもぞもぞと動いて、自力で拘束具から脱出していた。

よっしゃオヤジ、と美和が内心で拍手を送った次の瞬間、作業台の端に置かれた小型のバーナーにオヤジが蹴躓《けつまず》き、その拍子にバーナーが着火した。

『っ!』

火に驚いたオヤジが慌てふためきもんどりうって、バーナーもろとも台の上から転げ落ち、床に置かれた有機溶媒入りガロン瓶をなぎ倒した。

あれよと言うまに溶媒が床に流れて広がり、その上に落ちたバーナーの火が引火して、いっきに大炎上である。

その間ほんのひと呼吸。オヤジの姿は火柱に紛れて見えなくなった。

「オヤジっ!」

「うわっ!」

実験どころではない。警報機が作動する。篠澤たちは大急ぎで消火器をつかみ、炎目がけて噴射した。

「美和さん」

そのどさくさに渡瀬が駆け寄り、美和の拘束をほどいてくれた。

「サンキュ。オヤジはどこ行った」

美和は作業着のファスナーを上げながら立ちあがり、辺りを見まわした。炎と煙で視界が悪い。

「オヤジ、どこだっ」

もしや火に巻き込まれただろうか。と、そのとき、作業台の下からふらふらと低空飛行でオヤジが飛んできた。

『み……むぎゅ』

美和、と呼ぼうとしたのだろうが、それより早く、渡瀬が自分の作業着をオヤジにかぶせ、すばやく包み込んで小脇に抱えた。それから渡瀬は美和のほうに目をくれ、唇に人差し指を当ててみせると、立ちあがって叫んだ。

「妖怪ーっ、どこにいるっ、返事をしろっ」

『どこって……、むぎゅ』

律儀に返事をしようとしたらしいオヤジが渡瀬の腕に潰され、声はかき消された。

篠澤たちは消火活動に集中していて、一部始終を見ていたのは美和だけだ。渡瀬の意図を察し、美和もおなじように探し続けているふりをした。

「オヤジーっ、どこだーっ」

「はっ！　いないんですか」

美和たちの叫び声を聞いた篠澤も、オヤジのことが気がかりになったようで、消火を部下に任せて室内をあちこち探しはじめた。

「いないな。どこへ行ったんだ」

「バーナーといっしょに落ちたのを見たんだ。燃えちまったのかも……」

美和は篠澤に聞こえるようにそんなことを言いながら、いきおいの落ちた炎を覗き込んでみたりする。

昨日の防災訓練が役立ったようで、皆速やかに動き、まもなく炎は鎮火した。研究室の三割近い面積が被害をこうむったものの、負傷者はいない。焼け跡には煤《すす》けて、元はなんだったのかわからないものの残骸《ざんがい》がいくつも転がっている。当然オヤジの亡き骸《がら》はそこにはないのだが、美和は篠澤の前でがくりと膝をつき、うう、と嗚咽《おえつ》を漏らして手で顔を覆った。

「みつからない……きっと焼け死んだんだ……、オヤジ……」

「しかし、どこかに隠れてはいないだろうか……」

「こんなに探したってみつからねえんだ。いるわきゃねえ。たとえ生き延びてたとしても、怖がって二度と戻ってこねえよ」

「なんてことだ……」

散々探しまわっていた篠澤も、残念そうに顔をゆがめている。

やがてほかの研究室の男たちや、警備の者が駆けつけ、消防車や救急車、パトカーもセットでやってきた。

「えー、責任者の方は」

篠澤も事後処理のため、対応に追われだした。騒然とする中、美和と渡瀬は目配せをしてこっそりその場から脱出した。

「御頭っ」

廊下に出たら大豆生田に遭遇した。

「おう。ここは鎮火した。もうだいじょうぶだから、おまえらは待機してろ」

「了解です」

指示を出し、美和は研究室へは戻らずに渡瀬と更衣室へむかった。

すこし、落ち着きたかった。

「捕まったこと、よくわかったな」

「会議は終わったようなのに戻ってこないので。まさかと思いまして」

まっ先に篠澤を疑ったのは、当然だろう。

「オヤジ、だいじょうぶか」

非常事態に人が慌ただしく行きかう廊下を小走りに過ぎ、更衣室へ入って誰もいないことを確認してからオヤジに声をかけた。

『うおうぅ、ひどい目に会ったぞよ』

渡瀬の上着の中からよれよれになったオヤジが出てきて、美和の足元にすわり込んだ。

「オヤジのことだけど、篠澤たち、あれで信じたかな」

事故報告後の事情聴取を受けることになるかもしれないが、どう答えたものか。ごまかせるだろうか。上着の前を開き、シャツのボタンをとめながら、渡瀬を見あげた。

「たぶん。もしあとでなにか訊かれても、もういないということで押し通しましょう。胸の内ポケットでは膨らみでばれますから、保管場所を変えないと」

「だな」

身支度を整え終えると、渡瀬にそっと抱き寄せられた。

「無事、ですよね……？」

拘束されたり服を乱されたりはしていたが、上半身だけで、未遂だった様子は渡瀬も状況判断できただろうが、確証はない。

確認してくるひそやかな声には一抹の不安が滲んでいて、美和の心に静かに沁みた。

広い胸に抱かれ、ようやく気持ちが落ち着きを取り戻してきたことを自覚する。

「ああ。おまえのお陰で助かった」

「俺が行く前、なにをされたか訊いてもいいですか」

ことと次第によっては許さない。殴りに引き返しかねないといった心情がありありと伝わり、美和は安心させるように軽い調子で答えた。

「綿棒で耳垢《みみあか》をとられたぐらいだな。あとは腋の汗とかちょこちょこと。それ以上変なまねはされてねぇぞ」

「耳垢？」

渡瀬の眉が怪訝そうにひそめられる。

「ああ。服も捲られてたけど、じかにさわられたわけじゃない」

「注射されそうになってましたよね。あれはなんです」

「催淫剤だとさ」

「……。本当ですか」

「まじだぜ。いや、間一髪だった。おまえが来てくれなかったら、打たれてた」

催淫剤と聞いて渡瀬は顔をこわばらせたものの、まにあったのだと知って大きく脱力した。

「よかった……」

ため息混じりのささやき声とともに、抱きしめる腕に優しく力が込められた。

「しかし……、妖怪の影響だとしても、やっぱり一発ぐらい殴っておくべきだったか……」

「やめとけ。俺もオヤジもこうして無事だったんだから」

オヤジがいなくなれば篠澤も興味をなくす。すべてはオヤジのせいで、彼らに罪はない。

そう諭すと渡瀬も納得した。

今後の渡瀬のオヤジへの風当たりはますます強まりそうだが、これぱかりはオヤジを擁護できそうもないしするつもりもない。

「渡瀬」

「はい」

「ありがとうな」

この男がいてくれて、本当によかった。

密着した胸越しに、心臓の鼓動が伝わる。職場で抱きしめられている状況だが、いまばかりは拒む気になれなかった。

誰かがやってきたらすぐに離れればいい。そんなことよりも、いまはこうしていたかった。

心音とともに、渡瀬の、純粋に自分を思う気持ちも胸に届いて、美和は穏やかな気持ちで彼の背に腕をまわした。

九

「なあ。今週末はあいてるよな」

あけておいてくれと事前に頼んではいたが、確認のため尋ねると、渡瀬が当然といった顔をむけてきた。

「ええ。その妖怪が離れるまでは、用事なんて入れませんよ」

美和の家で夕食中である。美和はスモークサーモンのマリネを箸でつまみながら、なんでもない調子で言った。

「温泉にでも行かないか。泊まりで」

渡瀬の視線を額に感じた。

「来週、誕生日だろ。お祝いっつーか、まあ、なんだ。ここ最近迷惑かけてばっかりだから、そのお礼もかねてというか。当日は平日だし、俺は来週から研修が入ってるからさ、お祝いなんてできないかもしんねーから」

「お祝い……?」

とまどったような声を聞いて、目をあげる。

「ん？　誕生日、二十日《はつか》でいいんだよな？」

「はい……」

渡瀬が驚いている。してやったりだ。

「ふふん。俺だっておまえの誕生日ぐらい知ってるんだぜ」

それまでの澄ました顔を崩し、どうだまいったかというふうに、にやにやしながらスモークサーモンを頬張った。

渡瀬は幻聴でも聞いたように呆然《ぼうぜん》としていた。その頬が徐々に紅潮したと思ったら、横をむいて俯いて、口元を手で覆った。

その肩と背が、わずかにふるえている。目元は陰になってよく見えないが、耳が赤くなっている。

「なに笑ってんだよ」

「ちが……、嬉しくて……」

どうやら感動しているらしい。

「……なに。俺がおまえの誕生日知ってたのが、そんなに嬉しいわけ？」

「はい。嬉しいなんてもんじゃ……鼻血出そう」

「………」

喜んでもらえたようでよかったが、ここまで過剰反応されると、逆にばかにされているようで複雑である。

「おまえね」

「すみません」

渡瀬がはにかみながら顔を戻した。

「ありがとうございます。でも、温泉はやめませんか。その変なのが憑いているうちは、危険だと思います」

「家族風呂つきの部屋ならだいじょうぶじゃないか？　おまえもいっしょにいるんだし、人ごみを歩いたりしなければ問題ないだろ」

「……たしかに……しかし、浴衣《ゆかた》姿は人ごみでなくとも……」

渡瀬が顎に手を添えて視線を流す。迷っているようだったが、温泉旅行の誘惑には勝てなかったようで、条件を出してきた。

「では、宿に着いたら帰るまで部屋から出ないと約束してもらえますか」

「は？　温泉街ぶらついたりもしねえのか？」

「俺の誕生日のお祝いなんでしょう？　その俺を心配させるまねをするんですか」

本格的な湯治が目的でもないのに、温泉に行って温泉に浸かるだけというのもものたりない気がしたが、心配をかけるのは本意ではない。たまにはなにもせずぼーっと景色を眺めるのもいいかもしれないと思い直し、了承した。

「わかったよ」

渡瀬が口元で微笑して、美和のグラスにビールを注《つ》いだ。

「でもいまから部屋を探して、あるでしょうか」

「じつは、もう予約してある」

箱根《はこね》に行こうぜ、と美和は快活に誘った。


週末の雨の予報は見事にはずれ、当日は爽《さわ》やかに晴れ渡った絶好のドライブ日和《びより》となった。桜の花も散り際で、桜並木の道を走り抜けると淡い色の花びらが風にのってフロントガラスに舞い降りる。木洩《こも》れ日のきらきらとした光が心を浮き立たせた。

天気のよい休日、考えることは誰しもおなじようで、高速道路は行楽地へむかう車で混んでいたが、都内を抜けると比較的空いていて気持ちよく車を走らせる。

「それ、誰の曲ですか」

ラジオから流れてきた昔の曲にあわせて口ずさんでいたら、助手席の渡瀬に訊かれた。

「えっ？　うそだろ、知らねーの？」

「はあ」

「めちゃめちゃ流行《はや》っただろ。何年前だ。えっと……たしか十四、五歳の頃だから――」

「俺は三、四歳ですね」

「マジか」

美和の驚愕《きょうがく》ぶりに、渡瀬が笑う。曲がサビに入り、そこで渡瀬もピンときたようで、声をあげた。

「ああ、これ、聞いたことあります。何年か前にCMソングで使われてましたよね」

「そうだけど……。俺はいま、すげえジェネレーションギャップを感じてるぞ。そうか……知らねーのか……」

「知ってますって」

「リアルタイムじゃないだろ。んじゃ、あれは知ってるか」

十一歳の歳の差を感じるのはこんなときだ。普段の会話ではそれほど意識しないのだが、過去の流行歌の話となるとまったく噛みあわなくなる。自分がいたいけな青少年を騙している悪どいおっさんのようで複雑な心境になるが、渡瀬はその差をおもしろがっているようなので、自分も気負わず楽しむことにしている。

『その曲ならわしも知っておる』

「へえ。そういやオヤジって歳いくつだよ」

『おぬしより長生きじゃろ。なにしろ妖精じゃからの』

「なんだその理屈」

『それよりここはどこじゃ。なにやら空気がちがうのう』

「ああ。山を登ってる。酔うなら言えよ」

　高速をおりて木々の鬱蒼とする山道を登り、オヤジもまじえてわいわい騒いでいるうちに目的の旅館に着いた。

　温泉街からは離れた山頂に近いところに建つ、比較的新しくこぢんまりした旅館である。チェックインを済ませて部屋へ案内されると、畳の香りが鼻に広がった。部屋は二間で、奥のガラス戸のむこうに露天風呂がある。

「いい部屋ですね。富士山《ふじさん》が見える」

「ああ。ここは眺めが売りらしい。天気がよくてよかった」

　窓辺に立って景色を眺めると、渡瀬が肩を並べた。オヤジはその辺をふらふらしている。

「そうだ。まだ先だけど、言っとく。誕生日おめでとさん」

　美和が明るく言うと、ありがとうございますと返事が届いた。

「二十八か」

「あなたとの歳の差がひとつ縮まります」

　渡瀬は静かな口調でそう言うと、まっすぐな眼差しを感慨深そうに景色のほうへむけた。

「歳を重ねましたけど……まだまだですね」

自嘲《じちょう》するように微笑して、わずかに目を伏せる。

「あなたとつきあうようになってから、俺は自分がどうしようもなくガキ臭い男だったと思い知らされてばかりです」

「そうか？」

美和は渡瀬のことを若いとは思っているが、ガキだと思ったことはない。むしろ自分が二十八だった頃と比べると、ずっと落ち着いていて大人だ。

渡瀬が子供のようにこくりと頷く。

「嫉妬してばかりですし。すぐ抑えがきかなくなるし。ばかみたいなことを考えたりします」

美和が見あげると、渡瀬は強い眼差しをして言った。

「もっとあなたにふさわしい男になるよう、がんばります」

渡瀬のほうは歳の差のことをあまり気にしていないように思っていたのだが、彼なりに思うところはあるらしい。

がんばるもなにもいまのままでじゅうぶんだと思うし、自分のほうが飽きられないようにがんばらないとと思ったりもするのだが、美和はあえてそれらを口にせず、たくましい肩をぽんぽんと叩いてやった。

「おう。がんばれ」

上司の口調で、それだけ言った。渡瀬のまっすぐな若さがまぶしすぎて、ほかに言葉が出てこなかった。

美和は口角をあげて渡瀬を見あげた。

「さて。せっかくだから、さっそく入らないか?」

「そうですね」

窓辺から離れてシャツのボタンをはずしはじめると、子供のようにキョロキョロしていたオヤジが頭に飛び乗ってきた。

『温泉ははじめてじゃ』

「あんたもいっしょに入るか」

『うむ』

「腹巻は脱ぐんだぞ」

『む。これは大事なものじゃ。なくしたら困る』

「だったら頭の上にでも乗せとけ」

美和は服を脱ぐとオヤジを連れて洗い場へ行き、ざっと身体を洗った。

ちいさなオヤジが湯船に浸かるには深すぎるので、桶《おけ》に湯を張ってやったらオヤジはたいそう喜んで、うんしょうんしょと腹巻を脱いで桶の中へ入った。

『うほおう。これは極楽じゃのう。気持ちがいいのう』

美和もヒノキの浴槽へ身を沈めた。

湯の熱さに身体が痺れ、ため息がこぼれる。足を入れたときは熱すぎるように感じたが、まもなく外気の涼しさと相まってちょうどよく感じられた。

渡瀬はまだだろうか。なにをしているのだろうと部屋のほうへ顔をむけたとき、ガラス戸が開いた。

渡瀬は腰にタオルを巻いた格好で、酒と猪口《ちょこ》の載った盆をたずさえてきた。

「うは。冷酒か」

「いかがですか」

「じゃ、すこしだけ」

まだ夕方で、夕食が届くには時間がある。温泉に浸かりながら日本酒を飲んだりしたら酔いが早くまわるのは確実なのだが、それもまた一興だろうと、いただくことにする。

「おまえって気が利くよな。本来なら今日は俺がサービスしなきゃいけないのにな」

「旅行に誘ってもらえただけでじゅうぶんです」

渡瀬は猪口を美和に渡して酒を注ぐと、もうひとつの猪口に酒を満たし、無言でオヤジに差しだした。

『なんじゃ。わしにくれるのか』

「ああ」

『ほほう。おぬしもいいところがあるではないか』

オヤジは嬉しそうに両手を差しのべて受けとっている。

「オヤジ、飲めるのか？」

『ばかにするでないぞ。わしだって酒ぐらい飲めるのじゃ』

「いや、ばかにするとかじゃなくてさ。妖精なんだろ？」

これまで、オヤジが人間の飲食物を口にするところを見たことはなかった。オヤジのエネルギーは男の精気なのだからそれ以外の食事は不要だろうが、食べられないわけでもないようだ。

身体の構造がどうなっているのかふしぎだ。やっぱり篠澤に調べてもらえばよかったかもとちょっと思いながら、桶に浸かっておいしそうに酒を飲むオヤジの姿を眺めた。頭に赤い腹巻を乗せた様子が滑稽《こっけい》だった。

美和もちびちびと酒を飲んでいるうちに、身体を洗った渡瀬が湯船に入ってきて、となりに腰をおろした。

「いい湯ですね」

「ああ。おまえ、オヤジと仲良くする気になったのか」

オヤジに酒をやったことをからかう口ぶりで言うと、渡瀬は首をふった。

「そうじゃないんです」

ちいさな声がため息混じりに言った。

「俺、温泉旅行ってはじめてなんですよ」

「ほう」

「あなたといっしょに風呂に入るのも、これがはじめてです」

しみじみと万感を込めた色あいの流し目が送られてくる。

「それなのに邪魔がいるので。これさえいなければ、と思いまして」

つまり酔い潰してしまおうという魂胆らしい。

「……おまえって、ほんと気がまわるよな」

「ガキの浅知恵です。吉と出るか凶と出るか」

美和としても恋人同士の時間をオヤジに邪魔されるのはうんざりだ。しかし相手は妖精。その作戦が効くのだろうかと、ちらりとオヤジの様子を窺ってみると――、オヤジはすでに寝ていた。

「おい。寝てるぞ」

湯に浸かったまま寝息を立てている。効果がありすぎてびっくりだ。

あまりの即効性に、渡瀬もオヤジの姿を確認して目を瞠《みは》っている。

「うまくいきすぎだろ」

顔をあわせて、ふたりで忍び笑いを漏らした。

「よかった」

「これでしばらくは、ゆっくりくつろげそうだな」

伸びをして、改めてくつろいだ気分で景色のほうへ目をむけた。

常緑樹の木々のむこうに富士山の頭部が突きだしており、その山すそに沈もうとしている夕日が辺り一面に朱色の輝きを放っている。深く連なる山の谷間からは濃密な霧が蠢いていて、夕焼けに微妙な濃淡を織りまぜて色彩に変化をつけていた。

気持ちまでもが雄大になる景色を前にして、心身ともにほどけてくるのを感じながら心地よさに身をゆだねた。

「はー、最高だな。天気はいいし眺めはいいし酒はうまいしおまえはいるし」

ほろ酔いで機嫌よく、なんの気なしにそんなことを口にする。

「歌でも歌いたい気分になってくるよな」

ほがらかな顔をしてとなりを見れば、渡瀬にじっと見つめられていた。

ん？　と問いかけるように首をかしげてみせると、目の前の男の表情が耐え切れないといったものになった。

ざばりと、音を立てて渡瀬が立ちあがる。

「すこし、前へずれてもらっていいですか」

「どうした」

「せっかくの家族風呂ですから、有効活用しようかと」

言われるままに身体を前へ進めると、渡瀬が背後にすわり、美和の身体を抱きかかえるようにして腕を前にまわしてきた。

「おい……風呂の中で、変なまねはするなよ」

以前、家でこんな体勢を許したら、なし崩しにエッチにもつれ込んでしまったことが頭をよぎり、予防線を張った。

「努力します」

この種のスキンシップをされると、妙な気恥ずかしさが前面に出てしまって、つい色気のないことを言ってしまう。

だが美和も本音では、いちゃつきたいと思わないわけでもないのだ。スキンシップ自体を嫌がっているわけではないという精いっぱいの意思表示として、渡瀬の胸にそろりと背を預けた。

渡瀬が耳元に頬を寄せてきた。

「キスもだめですか?」

「……それぐらいは、まあ……」

「じゃあ、美和さんのほうから、してもらってもいいですか」

誕生祝いに、と甘えるようにささやかれては、しないわけにはいかない。美和は身体をひねって渡瀬のほうへ顔をむけた。

まっすぐに見つめてくる眼差しを見返すことはできず、彼のすっきりとした口元に目を落とす。

性的なふれあいは常に受け身だ。情事のさなかで夢中になっているときならキスを求めることもあるが、こんなふうに改まって自分から仕かけることはなかったかもしれない。そう思うと緊張してきてしまい、どきどきしながら男のたくましい肩に手をかけ、唇を寄せた。

唇を押しつけ、ふれあうだけのキスをして、離す。それで終わりのつもりで離れかけたら、渡瀬の唇が追ってきて、ふたたび重ねられた。

「ん……」

唇のあいだを舌先で舐められる。迎え入れるようにかるく口を開くと熱い舌が入り込んできて、誘惑するように中を探られた。

舌を絡ませてはほどき、なんども角度を変えて深いキスを交わす。唾液《だえき》の混ざる音が淫靡《いんび》に響き、ただでさえ熱く火照った身体が沸きたって、頭がぼうっとしてくる。

渡瀬の大きな手にゆったりと背を撫でられ、腰を撫でられる。もう一方の手は頬に添えられていたのだが、すべるように耳へ移動して指先で丁寧に耳朶の形をなぞられ、やがて耳のうしろの髪を梳《す》くようにして撫でられる。

濃《こま》やかな指の動きがうっとりするほど気持ちよく、キスだけでは収まらなくなりそうだと危惧《きぐ》して身じろぎしたとき、渡瀬の下腹部に身体がふれた。

そこはすでに硬く滾っていた。

ぎょっとして身体を離そうとしたら、腰の辺りを撫でていた手がするりと尻の奥へ潜り込んできて、秘所を撫でられた。

「ばか、や、め……っ」

「だめ、ですか」

「……っ、……」

するのなら、こんな場所でなく寝室へ行きたい。誰にも見られていないとはいえ、旅館の露天風呂だなんてモラルに欠けると思うのだ。

布団は夕食のあとに仲居が敷きに来てくれることになっている。夕食も、部屋へ配膳《はいぜん》してもらう手筈《てはず》だ。

せめてそのあとまで待ちたい。

しかし若い渡瀬の雄は、そこまで待てそうにないほど張り詰めている。

職場で誘った前科のある身としては、まだ昼間だろうとかモラルがどうとか諫《いさ》められる立場でもない。

「美和さん……」

秘所をなぞる指は離れない。熱っぽく名を呼ぶ渡瀬の舌が、耳や首筋を舐めあげて、美和を追い詰める。

「っ、……ここに、すわれ」

逡巡《しゅんじゅん》した末に、浴槽の縁を示した。

「してやる」

「え」

「いいから黙って移動しやがれ」

渡瀬が立ちあがり、縁に腰かけると、美和は湯の中で膝を進めて男の両脚のあいだに行き、昂ぶったそれに手を伸ばした。

「美和さん……」

頭上から渡瀬の視線を感じる。温泉の熱さと羞恥と興奮でゆでだこのように顔を赤くしながら口を近づけた。

「……酔ってますか?」

渡瀬がすこし驚いたような声で訊いてくる。過去にいちどだけ、飲み屋のトイレでさせられたことがあったが、それ以降はしたことがなかった。べつに拒否していたわけではなく、渡瀬のリードに任せきっていた結果なのだが。

あまり働かなくなってきた頭でそんなことをぼんやり考えながら舌を出し、先端を舐めた。茎を持つ手をゆっくりと動かして刺激しながら、先端を猫のようにぺろぺろと舐めまわすと、手の中のものがぴくりとふるえた。先端から滲みだす先走りは舐めても舐めても、すぐに滲みでてくる。自分の手技で反応してくれるそれにいとおしさを覚えつつ、裏側や袋のほうも舐める。

しばらく焦らすように舐めまわしてから、亀頭部を口に含んだ。

「……ん、む……っ」

してやるのは二度目だが、されることは時どきあったので、はじめてのときよりは要領がわかるようになっている。上顎と舌で圧迫するように吸ってみたり、出し入れしたりしているうちに猛りの熱が増してきて、渡瀬の息遣いが荒くなった。

気持ちよくなってくれているようで嬉しい。唾液が顎を伝うのもかまわず、好物をしゃぶっているかのように愛撫を続ける。

「すごく、いいです……」

色っぽい声で褒《ほ》められ、濡れた髪を撫でられる。

咥えているだけなのに自分まで興奮してくるのを自覚しながら、美和は猛りをさらに頬張った。喉の奥につくほど飲み込み、頭を前後させてまもなく、渡瀬のせっぱ詰まった声が届く。

「……っ、離してください。出そう」

「出していいぞ」

口に咥えたまま、くぐもった声で言ってから、さらに深く咥え、頃合を見計らって吸ってやる。刹那、猛りがびくびくとふるえ、喉の奥に熱い液体が注がれた。

「――っ」

むせそうになるのをこらえて飲みくだす。すべてを胃に送り込むと、猛りから口を離して大きく息をついた。

顎に伝った唾液を手の甲で拭い、これで本格的につながる必要はないだろうと思っていたら、湯に入ってきた渡瀬に固く抱擁された。

身がまえる暇も与えられず、キスで口を塞がれる。

「ん……、ぅ……っ」

最初にしたキスは丁寧で優しくてひたすら気持ちのよいものだったが、今度のはそれとはうって変わって余裕のないものだった。こちらのほうが精気を奪われているような錯覚を覚えるほど激しくて、めまいがする。このままではのぼせそうで、抗議のつもりで男の背を叩くと唇を解放されたが、その代わりに今度は下の秘所を指で探られた。

「あ……、っ」

指が、強引に中に入ってくる。

「おい……待っ……、っ」

「すみません。ちょっと、我慢できそうにないです」

「な、んで……っ、ん……っ、いま、出したのに……っ」

「それが、あなたを見ていたらよけい収まりがつかなくなった感じで」

湯に浸かっていた。酒に酔っていた。渡瀬のものを咥えて、知らずにその気になっていた。いくつもの理由から、美和の身体は程よく緩んでいて、二本目の指を難なく受け入れた。

「……入りたい、です……」

「あっ、や、だ……っ、渡瀬っ……やめ……」

「どうしても、嫌？」

「……湯が、入って、きて……、中が……、ぁ、あ……っ」

中をかきまわされるたびに、指と指のあいだから湯が中に入ってくる。その刺激と、いいところを押される快感で、悲鳴のような嬌声が溢れた。感じたことのない刺激に身体をふるわせ、助けを求めるように目の前の男に縋りつく。しかしそれは攻めたてている張本人であり、抱きつくことは逆に相手を煽ることにしかならない。

「あっ、んんっ」

「すみません……っ」

渡瀬の指が引き抜かれ、身体を持ちあげられる。湯の浮力でふわりと浮いた身体は、胡坐《あぐら》をかいた男の猛りの上におろされた。

「あ……っ、ん……くっ」

腰を持たれて、ぐっと下へ押される。硬いものが、中へ入ってくる。

渡瀬のそれは達ったばかりとはとても思えないほど硬く張り詰めていて、美和の中で存在を主張した。

「だめ……、だっ……て……」

挿れられてしまうと、あまりの気持ちのよさに理性をなくしてしまうことはわかっている。だからそうなる前に渡瀬の太ももに手をついて、必死に侵入を拒んだ。中途半端に先端だけが潜り込んだところで動きが止まる。

「でも、あなたも気持ちよくなってるのに」

美和の中心も勃ちあがっていた。それを教えるように握られる。

「だから……っ」

「やっぱり湯が入ってくる?」

渡瀬も中途半端なところで止められて余裕がないようで、下から腰を突きあげるようにして茎を中に挿れてくる。

「あ……、ん……っ、するなら、出てから……ぁ……っ」

指のときとは異なり、湯が入ってくる感触はなかったが、熱い温泉の中でのセックスはやはりどう考えても無理だと思えた。

「俺、年寄り、なんだぞ……っ、風呂の中なんかで、したら、死ぬ……っ!」

すでにのぼせかけていて、心臓が壊れそうなほど疾駆している。湯あたりするのも時間の問題だ。その上さらに激しい運動などしたら十中八九病院行きである。

「年寄りなんて言うほどでもないでしょう」

とはいえはじまる前からゼイゼイ言っている相手にさすがにこれ以上は無理だと悟ったらしく、渡瀬は強引に進めるのをやめ、美和の中から自身を引き抜いた。

「んっ」

「出ましょう。立てますか」

渡瀬に腕を引かれ、立ちあがる。外気に晒されて体表の熱が引き、身体がすっと楽になった。

生命の危機は脱した。しかしそのぶん、身体の疼きを強く感じるようになっていた。頭にのぼっていた血が、いっきに下腹部へおりてきた感じである。

うしろがひくついて、じっとしていられない。身体はすっかり受け入れる態勢でいたのに満足に挿れてもらえずに出ていかれてしまったから、飢餓感を植えつけられたようだ。

迷う余裕すらなかった。

「渡瀬、待て」

湯船からあがろうとしていた男を引き止めた。

「……湯に浸かってなければ、だいじょうぶだから……このまま、ここで」

渡瀬は夜まで我慢するつもりになったのかもしれないが、今度は自分のほうが我慢できない。部屋に戻る時間ももどかしく、いますぐ抱かれたい欲求に駆られて、渡瀬に背をむけた。湯は太ももの中間まである。それよりわずかに高い位置にある湯船の縁に両手をついて、かるく足を開いた。

渡瀬からは秘所が丸見えの格好のはずで、ものすごく恥ずかしいが、それ以上にほしくてたまらなかった。

「……いいんですか」

「いいから」

その体勢のまま首をひねり、背後にいる渡瀬をふり返る。ものほしそうな目つきで見あげ、欲望で上ずった声で誘う。

「早く……こい」

渡瀬の喉がごくりと上下した。伸びてきた両手に尻を撫でられ、腰をつかまれる。

そしていきなり、奥まで貫かれた。

「ひっ……ぁ、う……っ」

中を満たされる感覚に、理性がはじけ飛ぶ。

渡瀬は最初から全速力で、がつがつと腰を打ちつけてきた。尻に男の下腹部がぶつかるたびに、ぱしゃんといやらしい水音が派手に響く。身体が揺れるたびに湯が波打ち、しぶきが

はねる。

「あ、あっ……あぁ……っ！」

激しい抽挿《ちゆうそう》に美和は悲鳴をあげたが、身体は嬉々として受け入れ、渡瀬の猛りを締めつけて離さない。そこをこすられるたびに甘い快感が身体中を駆け、足の力が抜けそうになるが、崩れ落ちたら抜き差しが止まってしまうと思い、必死に耐えて手足を突っ張った。

「美和さん……いつのまに、そんなテクニックを、覚えたんです」

渡瀬が獰猛《どうもう》な猛りを大きく抜き差しさせながら、唸《うな》るように言う。

「テクニ……、って、ぁ……、なに、が……っ、……っ」

「焦らしておきながら、そんな誘い方、するなんて……」

「べつに、そんなつもりじゃ……、あっ、んっ」

埋め込まれた猛りが、いちどすべて引き抜かれた。急激な消失に、そこがもの寂しくわななく。ふるえが収まらぬうちに、ふたたびひと息に貫かれ、奥のいい場所をいきおいよく抉《えぐ》られた。

「ああっ！」

強く激しく揺すぶられ、すこし冷めかけたはずの身体の熱がふたたび上昇し、大波に攫われるように悦楽に狂う。

頭がおかしくなりそうなほど、気持ちがよかった。

たて続けに奥のいいところを突かれると、喘ぎ声が止まらない。モラルも羞恥もかなぐり捨てて、我を忘れてよがり声をあげた。

「あ……っ、ぁ……、いい……っ」

「ここ、もっと?」

「っ……、もっと……ん、……っ」

抜き差しされる場所から溢れでる快感物質が全身に広がり身体が燃える。やがて身体を一巡した血流が下腹部へ戻ってきて、欲望が濃縮して溜まった。

内腿がふるえる。下腹が波打つほどに快感が押し寄せて、解放へむかってのぼり詰める。

「も……達っ……あっ!」

熱が高まり、絶頂の兆しを垣間見たところで渡瀬がスパートをかけてきた。いっきに頂点まで押しあげられ、身体が放電したかのような激しい恍惚を覚えながら、欲望を解放した。

「は……っ、ぁ……ん……っ、……」

暗い室内に、艶めいた息遣いが響く。その呼吸にあわせて、ぐちゅ、ぐちゅ、と淫猥な水音も途切れることなく続いていた。

「わた……せ、っ……ぁ……っ」

風呂からあがったのち、浴衣に着替えて食事を終え、寝床の準備が整うと、今日は思う存分抱きたいと渡瀬に二回戦を挑まれた。美和としては風呂場の一回でじゅうぶんだったが、誕生祝い旅行だしということでつきあうことにしたのだが。

それからどれほどの時間が経ったのか、渡瀬によって快楽に溺れさせられている美和には見当もつかなかった。

このところ毎日抱きあっていたため、いくら渡瀬が若いといってもそうなんどもできるはずはないと思っていたのだが、数え切れないほど達かされていた。つながったまま抜かずになんども中出しされ、大量に精液を注がれているせいで、そこはもうどろどろだ。汗や互いの体液で、全身もびしょ濡れだった。

四つん這いにされ、上に乗せられ、ひっくり返されたと思ったら折りたたまれてと、ありえない体位でもなんどもつながり、いまは正常位でつながっている。

「っ……、もう、無理……っ、なんも、出ねえよ……っ」

「出なくても、感じることはできるでしょう?」

渡瀬が腰を動かしながら、美和の乳首を指でぐねぐねと揉《も》む。

「あ、んっ」

そこは下の結合部と同様、最前からずっとしつこく刺激され続けたお陰で赤く腫《は》れあがっていて、ちょっとした刺激にも過敏に反応してしまう。甘い疼きが背筋を走り、美和はびくんと背を反らせた。

「気持ちいいですよね」

渡瀬の言うとおりだった。もうだいぶ前から美和の精液は出尽くしている。なにも出ないが、それでもなんども絶頂を迎えていた。

「なんで……、毎日してんのに、そんなにできるんだよ……っ」

「毎日っていっても、一日一回だけじゃないですか。全然足りないです」

「……信じらんねえ」

「もう嫌ですか？　でも妖怪を追いだすには、いっぱいしたほうがいいんですよね」

汗を額から滴らせながら、渡瀬が動く。

「おまえも、オヤジの影響で……、っ、性欲亢進……っしてんのか……？」

「ちがいます。元からあなたが好きなだけです」

オヤジはあれから眠ったままで、声をかけても反応がない。起きる気配がないので桶風呂から引きあげ、身体を拭いて腹巻をしてやった。いまは部屋の隅のほうへ置いたタオルの上で寝ている。

「孝博さん……」

渡瀬が顔を寄せ、耳朶へキスを落とす。熱っぽい声で名を呼ばれ、胸が甘く疼いた。

「あっ」

油断したところを不意打ちに強く抉られ、息を乱される。ゆるやかだった動きが徐々に加速していき、もう無理だと思っていたのに快感がさざ波のように高まってくる。

「ほら。また達けるでしょう」

身体は疲労しきって指を動かすことすらおっくうなほどだ。両脚も力が入らず、だらしなく投げだしている。それなのに腰は勝手に相手の動きにあわせて揺れてしまう。好きな男に抱かれることがどうしてこれほどの愉悦を生むのかふしぎに思いながら身をゆだねていると、快感が潮のように満ちてきて身体の奥がざわめきだす。

「は……あ、……あ……っ」

「いっぱい、俺を感じて」

腰を動かしたまま、上体を倒した渡瀬に乳首を舐められる。舌先で転がされ、しゃぶられ、甘噛みされて、つながった場所の熱が増し、快感が増幅する。身体がどろどろに溶けそうなほどの気持ちよさに狂わされ、壊れた涙腺《るいせん》からふたたび涙が溢れてくる。

「あ、っ……、また……、達きそ……っ」

近づいてくる絶頂にそなえて、力をふりしぼって渡瀬の背に腕をまわした。流れる汗で手を滑らせながらしがみつく。

渡瀬の唇が口元に来たのに気づき、美和は唇を開けて迎えた。軽く舌を絡ませると、唇は離れていき、直後に下から鋭い突きあげがやってきた。

「っ！」

二度、三度。

最奥を強く貫かれたあと、渡瀬の動きが止まる。中に収まっている猛りがびくびくとふるえるのを体内で感じながら、美和も全身をふるわせて絶頂を迎えた。

身体のふるえが収まってきた頃、何時間ぶりかに楔が引き抜かれた。

「は……あ……」

栓《せん》が抜けたことで、中に多量に注ぎ込まれたものが入り口から溢れでてくる。その感覚に肌が粟立《あわだ》った。

「いちど、休みますか」

となりに身体を横たえた渡瀬が、美和の汗ばんで額に張りついた前髪を梳く。

「そうしてくれ……」

脱力してそう答えたが、いちど、ということはまだ続くのだろうか。

恋人の絶倫ぶりに慄《おのの》いたとき、ふいに部屋の隅が発光した。

青白い閃光《せんこう》。

『ふっかーつっ！』

「っ⁉」

刺すようなまぶしさに反射的に目を瞑り、それから目を開いたときには、光っていた場所に見覚えのある若い男が立っていた。

「うわっ。オヤジ!」

それは精気を充足し、復活した姿のオヤジであった。

「でかくなれたのかっ」

「ほほ。おぬしたちの努力のお陰で、復活できたぞい」

今度のオヤジはスーツ姿ではなく浴衣を着ている。どういう仕組みか知らないが、TPOにあわせて服装を変えられるらしい。

「え……。あの妖怪?」

渡瀬がきょとんとしている。

そういえば、解放されるときの状況について、渡瀬に説明したことはなかったかもしれない。オヤジが大きくなることも教えていなかった。

「ああ。これが本来の姿なんだとさ」

ただ巨大化しただけではない。いまのオヤジの姿は二十代のハーフのような美青年である。面食らうのも無理はない。

「どうじゃ渡瀬、いい男じゃろう。美和から乗り換えたいなら、土下座して頼むとよい。いちどくらいは考えてやらぬこともないぞ」

「それはない」

即行で否定する渡瀬に、オヤジが鼻白んだ。

「なんじゃ、気に食わんの。まあよい。それでは、世話になったの。達者でいるがよいぞ」

オヤジがあでやかな笑みを浮かべて踵《きびす》を返した。

「こら、待て待て」

去り際のオヤジはあいかわらず素っ気ない。すたすたと窓のほうへとむかうオヤジを美和は慌てて呼び止めた。

「なんじゃ」

「どこに行くんだ。帰りはどうすんだよ」

「温泉が気に入ったでのう。しばらくこの辺りに滞在することに決めた。さっそく獲物を探しに行くのじゃ、わしとの別れが悲しいのはわかるが、引き止めるでないぞよ。美和はいつもそうやって、わしを引き止める。愛《う》いやつじゃ」

「誰が引き止めるかっ」

「照れるでない」

「照れてねーよ。さっさと行けっ」

オヤジがホホホと笑う。

「そこまで別れを惜しむならば、また戻ってきてやってもよいぞよ。めぼしい男がいないとき、おぬしの身体に憑いておればなにかと楽かもしれんしのう」

「ざけんなよ！　二度と戻ってくんな、淫魔がっ！」

オヤジが口調とはまったく似合わぬ若々しい顔に笑みを浮かべ、布団の上にすわり込んでいる美和の元へ歩いてきた。そしてすこしだけ身を屈めると、やわらかな眼差しをして、小首をかしげてみせる。

「冗談じゃ。取り憑かず、この身体で会うならよかろう？　気がむいたら顔を見せに寄ることもあるやもしれん」

「……それなら、まあ……かまわねーけど」

迷惑をかけられるのでなければ、面会を拒否するまでのことはない。美和は語気を弱めた。

「必ず会いに行くと約束はできんで、期待はせんで待っておれ」

美和の肩にオヤジの左手が置かれた。女性よりは大きく、しかし男にしては繊細な、中性的な手。

「では達者でな」

「おう。あんたもな」

「さらばじゃ」

肩に置かれた手が離れていく。オヤジの足が窓のほうへ歩きだす。

これで、別れだ。

そう感じたら、胸がきゅっと絞られたような心地がした。伝えなければならないことがあったような、急に言い足りない気がしてきて言葉が溢れる。

「おい。女やらオカマには気をつけろよ。もう二度と弱って戻ってくんなよ。それから猫にも気をつけ……、あ……」

美和がまだ話しかけているというのに、オヤジはろくなあいさつもなく窓際で姿を消した。

「行ったか……」

これほど傍若無人な男は見たことがないと改めて思う美和だったが、妖精だからしかたがないかとため息をついた。

「美和さん」

呆然と見守っていた渡瀬が、考えをまとめるように口を開いた。

「本当にこれで離れていったんですか？　一時的なことじゃなく？」

「ああ、そうだ。おまえのがんばりのお陰で、オヤジの精気が満タンになったんだろ。だから俺は、無事にオヤジから解放されたってことだ」

「もう、戻ってくることはないんですね」

「ああ」

「もう、あなたがほかの男に襲われることもなくなるんですね」

「ああ」

渡瀬が魂が抜けたような吐息をついた。

「……お疲れ様でした」

「おまえも、お疲れさん」

ふたりいっしょにため息をつき、オヤジの消えた方角を眺めた。

風も吹かぬ室内で、カーテンがかすかに揺れていた。

＋

研究所の敷地は広く、視界をさえぎる高い建築物もないので空の面積が広い。美和は車から降りると、帰郷したような気分で青い空を見あげた。

本社での研修を終え、十日ぶりの出勤である。敷地内の桜もすっかり葉桜となり、若い葉を広げて朝陽《あさひ》を受けていた。

「おはようございます」

歩きはじめると、駐輪場のほうから渡瀬が駆けてきてとなりに並んだ。

「よお。今日はおまえも遅いんだな」

「あなたを待ってたんです。親衛隊特別監視員ですから」

澄まして言う渡瀬の言葉に、美和は苦笑した。

「もういいだろそれ」

「ですが、いちおう。なにかあってからでは遅いので」

「だいじょうぶだって。本社でも通勤電車でも問題なかったって言っただろ」

オヤジが離れていった翌週の月曜から本社へ通っていたのだが、社内でも移動中でも、男に妙なことをされることはいちどもなかった。

研究員たちと顔をあわせるのは、それ以来今日が初となるのだが、こちらの反応も以前に戻るだろう。自身の性欲も正常に戻っている。

いちど経験済みの美和はわかっていたが、渡瀬は自分の目で確認するまでは用心を怠《おこた》らぬつもりらしい。

「篠澤さんが諦めていない可能性もありますし」

「それは否定できんな」

ふたりで肩を並べて歩き、更衣室へ入ると話題の人物、篠澤と出くわした。もうだいじょうぶなはずだと思っていても、ぎくりとする。

「おはようございます美和室長。待ちかねていました」

「なんだよ」

ロッカーへ進むと、すでに作業服に着替え終えている篠澤もついてくる。こちらも美和を待っていたようだ。

「先日の火災事故の報告書の件です。事故原因として、未確認生物の捕獲、脱走によるものとして処理し、あなたの名は伏せました」

「おう」

篠澤がそういう処理をするだろうと予想していた美和は、淡々と頷いた。

拘束されて催淫剤を打たれそうになったことを訴えでるつもりはなかった。簡単に許せることではないが、訴えたらオヤジ妖精についても説明しなければならなくなる。オヤジはもういないので今後狙われることもないわけだし、面倒事はできるだけ避けたい。

「その後、あの生き物は戻っていないでしょうか」

「いねーよ」

美和は篠澤の見ている前で着替えた。作業服の内ポケットにも鞄の中にもオヤジがいないのを見せてやる。

「ほらな。あれがいなくなって、こっちも傷ついてるんだぞ。これ以上しつこくすると、慰謝料請求するぞ」

篠澤はふと気づいたように美和の顔を探るように見つめ、ふしぎそうに首をかしげた。

「これだけ近づいているのに、妙な気分になりませんね」

呟くなり、とたんに興味を失った顔をして、失礼しましたと去っていった。

「行ったな」

「はい」

一部始終を見守っていた渡瀬が、篠澤の背を見送りながら安堵の息をついた。

「篠澤は片づいたな。あとは研究員たちか」

渡瀬を先にむかわせ、美和は部長へ研修の報告に行った。部長と部屋にふたりきりだったが問題なく報告を終え、そのあと研究室へ行くと、揃っていた研究員たちが顔をあげ、華やいだ声をあげた。

「わー。御頭、お帰りなさーい」

「おう。土産《みやげ》、適当に分けて食ってくれ」

「ありがとうございますっ」

部下のひとりに土産を渡し、鞄を自分の机へ置くと、パソコンにデータ入力をしていた山崎が尋ねてくる。

「研修はどうでした」

「伝言ゲームしてきた」

山崎が目を丸くし、半笑いを浮かべる。

「なんすか。いつもながら緩いというか楽しそうというか」

「中間管理職のための情報伝達方法の云々《うんぬん》かんぬんってやつのひとコマでやったんだ。口頭だといかに間違って情報が伝わるか実感しようってことでな。つーことでだな。おまえらもやってもらうぞ。おら、そこへ一列に並べ」

はあい、と、一同はまるで幼稚園児のように声を揃えて並ぶ。

ゲームがはじまり、美和が接近して耳打ちしても、妙な行動を起こす者は誰もいなかった。

十分ほどでゲームを終え、その後は通常業務をこなして終業時刻を迎えた。

「御頭」

帰ろうとしたときに山崎に呼び止められた。

「なんだ」

「すみません。そのお、花見のあとに、化工棟で話したことなんすけど」

山崎はいたずらっ子がいたずらを白状するときのような愛想笑いを浮かべ、美和の目を見ながら頭をかいた。

「あれ、忘れてください。やっぱり御頭が言うとおり、勘違いだったみたいっす」

あっけらかんと笑う山崎に、美和もほっとして、にやりと笑ってみせた。

「だろ」

ぽんと山崎の頭を小突いて、背をむけながらひらりと手をふった。

「じゃあ、また明日な」

「はい。お疲れ様でーす」

まだ若干態度がおかしい者も中にはいたが、だいたい以前に戻ったようだった。スーパーで買い物してから自宅へ帰ると、駐車場に車をとめたところでちょうど渡瀬がバイクでやってきた。仕事帰りに寄ると、事前にメールをもらっていた。

「な。だいじょうぶだっただろ。山崎も正気に戻ったぞ」

山崎が勘違いだったと言ってきたことを簡単に話しながら家へ入る。

「ですね。元に戻ったのは目つきでわかりました。安心しました」

靴を脱ぎながら、美和はひとつだけ気になっていたことを尋ねた。

「……おまえは、どうもないわけ?」

「なにがです」

「だから、オヤジの影響がなくなったわけだから、ちょっと気持ちが冷めたとか……」

渡瀬が動きを止めた。

「孝博さん」

「ん?」

呼ばれてふり仰ぐと、同時に抱き寄せられた。

「それは玄関先でサカるのは我慢しようと、せっかくがんばって行儀よくしている俺を挑発してるんですか。そうですね、そういうことですね。わかりました」

顔を近づけられ、美和は焦ってその顔を手で引き離す。

「ちげーよバカ」

渡瀬がくすりと笑い、身体を解放してくれた。

「俺をその辺のにわかといっしょにしないでください。元々あなたが好きなんですから、関係ないですよ」

「……そうかよ」

男臭い甘い眼差しで見おろされ、胸の鼓動がせわしなくなってしまう。美和は照れ隠しにそそくさと渡瀬から離れて居間へむかった。

「オヤジがいなくなったら家も静かで落ち着くなあ」

荷物を置いてから居間の照明をつけ、朝開けたままだったカーテンを閉めに窓辺へ寄った。

窓は箱根の方角をむいている。ここからは遠く離れているので山も見えないが、夕闇の迫る見慣れた景色を眺めたら、ふとした疑問が脳裏をよぎった。

「そーいや、オヤジって名前なんていうんだろうな……」

そういえば、訊いたことがなかった。

迷惑ばかりかけられて、うんざりしどおしだったが、こうしていなくなってみると、なんとなくもの足りないような、寂しいような気がしなくもなかった。

「箱根に残るって言ってたけど、今頃どこでどうしてるんだか……」

どうしているかだなんて、考えるまでもなく男を漁《あさ》っているのだろうけれど。オヤジも決まった恋人を作ればいいのにと思うが、よけいなお世話だろうか。

「寂しい?」

背後に歩み寄ってきた渡瀬の手が、カーテンの端を持つ美和の手に重ねられた。

「俺がいるだけじゃだめですか?」

顔色を窺うように、横から覗き込まれた。真顔でそんなことを訊いてくる若い恋人に抱擁されて、温かい気持ちが胸に広がる。

「いや」

美和はやわらかく微笑んで、すこし背伸びをして唇を寄せた。

あとがき

こんにちは、松雪奈々です。

こちらは「なんか、淫魔に憑かれちゃったんですけど」の続編です。お手にとっていただき、ありがとうございます。皆様のご支持のお陰で、続きを出版させていただけることになりました。

一巻を書いていた頃には、このような形で続きを書くことになるとは夢にも思っていませんでした。気がつけば発売されてから一年が経つのですね。時が過ぎるのはあっという間ですね。こうして、美和たちとAR石油研究所の日常をふたたび皆様にお見せすることができて、とても嬉しいです。

そしてですね、一巻のドラマCDが発売されます。三月二十八日、製作はアティスコレクション様です。美和や渡瀬などの人間キャラはある程度予想がつきますけど、オヤジ妖精はいったいどんなふうに演じられているのか……楽しみです。

文章とはひと味違う世界が楽しめるのではないかと思いますので、興味のある方は、ぜひ聴いてみてください。

さて、この場をお借りしてお世話になった方々へお礼を。

担当編集さま、今回も多大なご助力をいただき、ありがとうございました。あいかわらず未熟者で、お手数をおかけしました。

高城たくみ先生、素敵なイラストをありがとうございます。現時点ではイラストの入るシーンがどこかも知らなかったりするのですが、美和も渡瀬も、あいかわらず格好よく描いていただけているんだろうなあと、いまから本が届くのが待ち遠しいです。

デザイナー様、校正様、その他、この本の出版に関わった皆様もありがとうございました。

そしてこの本をお手にとってくださった皆様に最大級の感謝を申しあげます。

すこしでも楽しい時を過ごしていただけたら幸いです。

二〇一二年二月　　松雪奈々

本作品は書き下ろしです

松雪奈々先生、高城たくみ先生へのお便り、
本作品に関するご意見、ご感想などは
〒101-8405
東京都千代田区三崎町2-18-11
二見書房 シャレード文庫
「なんか、淫魔が見えちゃってるんですけど」係まで。

CHARADE BUNKO

なんか、淫魔《いんま》が見《み》えちゃってるんですけど

【著者】松雪奈々《まつゆきなな》

【発行所】株式会社二見書房
東京都千代田区三崎町2-18-11
電話 03(3515)2311[営業]
03(3515)2314[編集]
振替 00170-4-2639
【印刷】株式会社堀内印刷所
【製本】ナショナル製本協同組合

落丁・乱丁本はお取り替えいたします。
定価は、カバーに表示してあります。

ISBN978-4-576-12034-8

http://charade.futami.co.jp/

CHARADE BUNKO

スタイリッシュ&スウィートな男たちの恋満載

松雪奈々の本

前途多難なオヤジだらけのシェアライフやいかに〜！

オヤジだらけのシェア生活

イラスト＝麻生 海

アパートの建て替えで引っ越すことになった和也は、行きつけの飲み屋の店主・大介に誘われ彼の住むシェアハウスへ入居することに。家賃格安、アラフォーばかりの落ち着いた雰囲気。理想の住まいを手に入れたかに思えたが、うっかりEDであることを話してしまい、大介がその治療を手伝ってくれると言い出して——。